शिवाय का जादू

भारत सिंह भोई

ISBN 979-888591026-2

यह कहानी वास्तविक और काल्पनिक दोनों पर आधारित है यह उस बंदे की कहानी है जो अपने जीवन में सब कुछ हासिल कर लेता है लेकिन अंत समय में ऐसे चक्रव्यूह में फंस जाता है जिस से निकलना उसके लिए आसान नहीं था आज उसी व्यक्ति के बारे में कुछ बताने जा रहा हूं यह उस व्यक्ति के द्वारा अपने जीवन का वर्णन किया है की किस तरह से वह एक छोटे से गांव से निकलकर एक cm तक बन गया और अच्छे-अच्छे राजनेताओं को मौत के मुंह में जाने पर मजबूर कर दिया ऐसे ही दिग्गज राजनेता की कहानी है !

शुरू करते हैं उसके जन्म से मजरा भोई ग्राम कनारी तहसील ब जिला विदिशा मध्य प्रदेश में जन्म हुआ उसके माता-पिता स्वभाव से ही सीधे थे जब उसका जन्म होता है तो सारे मजरा भोई चक में खुशियां मनाई जाती है उसका अच्छी तरह से लालन पालन करने में लग जाते हैं जब वह 5 वर्ष का हो जाता है तो उसका नामकरण होता है उसका नाम भारत रखते हैं वह बचपन से ही हंसमुख स्वभाव का था उसके अंदर कपट नाम की कोई चीज नहीं थी वह पढ़ने के लिए अपने ग्राम के अपने पास वाले गांव कनारी में जाया करता था उसने अपने मामा से जादू विद्या मैं वशीकरण विद्या में महारत हासिल करी थी उसके नाना ने भारत को किसी भी परिस्थिति में विचार करने के योग योग विद्या से परिपूर्ण किया था जैसे-जैसे वह बड़ा होता गया उसके सामने परिस्थितियां विकट व विपरीत होती गई जब वह 12 साल का होने वाला था तब उसके दादाजी इस दुनिया को छोड़ कर चले गए और वही से शुरू होता है भारत के जीवन काल का चक्र वह कुछ बड़ा हुआ था कि उसके परिवार व पड़ोस के पड़ोसी से झगड़ा हो गया जिस कारण से उसे अपना प्यारा सा घर त्यागना पड़ा वह अपने घर को छोड़ने पर मजबूर हो गया उसके माता-पिता व उसके भाई बहन मियांखेड़ी में जो कि नदी के उस पार गांव था उस गांव में आकर निवास करने लगे उसकी पढ़ाई आठवीं तक कागपुर के स्कूल में और 12वीं तक की पढ़ाई नटेरन के स्कूल में पूर्ण हुई 20 साल का होते-होते हैं वह रसायन विद्या और सम्मोहन विद्या को भूल चुका था लेकिन उसे पता था यदि मैं अपने नाना जी द्वारा योग विद्या से रसायन विद्या व सम्मोहन विद्या फिर से प्राप्त कर सकता हूं लेकिन उसने यह कभी नहीं सोचा था की 22 साल की उम्र मैं उसे सम्मोहन विद्या की आवश्यकता पड़ेगी वह अपनी विद्या को जागृत करने के लिए वह देवीराम एडवोकेट से सहायता प्राप्त करता है लेकिन देवीराम जाटव को भी सम्मोहन

विद्या के बारे में पूर्ण रूप से ज्ञान नहीं था जिस कारण से वह सम्मोहन विद्या को प्राप्त करने में असफल हो जाता है और वह निराश हो जाता है लेकिन वह अपने मामा जी को यह सब हाल बताता है और वह कहता है मुझे फिर से सम्मोहन विद्या को प्राप्त करना है तब उसके मामा जी पूछते हैं भारत जी आपको सम्मोहन विद्या की आवश्यकता क्यों आज पड़ गई है तब भारत बोलता है मुझे कुछ लोगों का घमंड तोड़ना है क्योंकि वह लोग मुझे निकम्मा व लालची समझते हैं जिसके कारण से मुझे हर समय नीचा दिखाने के लिए तैयार रहते हैं इसलिए मैं चाहता हूं कि उनके लिए भी कुछ ऐसा करूं जिससे उनको भी पता चले कि मैं आकर क्या चीज हूं ?

तब मामा जी बोलते हैं ठीक है तुझे सम्मोहन विद्या फिर से जागृत अवस्था में कराने के लिए तुझे आने वाले सूर्य ग्रहण का इंतजार करना होगा जैसे ही सूर्य ग्रहण का समय आएगा आप मेरे साथ सम्मोहन विद्या को जागृत करने के लिए आपको मरघट साला में चलना होगा तब भारत बोलता है ठीक है मामा जी मैं तैयार हूं कुछ समय बाद सूर्य ग्रहण नजदीक आ जाता है तब भारत अपने माता पिता से आज्ञा ले कर वह मामा जी के घर चला जाता है तथा मामा और भांजे मिलकर मरघट साला जाते हैं और सूर्य ग्रहण के समय अर्धनग्न होकर सम्मोहन विद्या को जागृत करते हैं सम्मोहनविद्या के जाग्रत होने पर वह वापस अपने घर आ जाता है तथा अपनी विद्या का सम्मान करता है और अपने नाना जी की बात हमेशा याद रखता है कि इस विद्या का प्रयोग वह अंतिम समय आने पर ही करेगा वह अंदर ही अंदर सभी को क्षमा कर देता है!

30 साल बाद उसकी जिंदगी में एक नया मोड़ आता है जहां से उसकी लाइफ का ऐसा अध्याय जुड़ने वाला होता है जिसने सपने में भी नहीं सोचा होगा नटेरन में एक जनसभा रैली निकलती है जिसमें बड़े- बड़े दिग्गज नेता आते हैं, उसी समय भारत भी इस रैली में शामिल होने के लिए जाता है वहां पर बड़े-बड़े भाषण दिए जाते हैं मुख्यमंत्री द्वारा कहा जाता है कोई ऐसा व्यक्ति है जो हमें यह बता सके कि हमने क्या नहीं किया तब भारत खड़ा होता है और और वह कहता है आपने बहुत कुछ नहीं किया है यह सुनकर सीएम उससे मंच पर बुलाते हैं और कहते हैं इस माइक पर खड़ा हो कर बताओ हमने क्या- क्या नहीं किया है भारत डरता हुआ माइक को पकड़ता है और भरी सभा की ओर देखता है क्योंकि लाखों की

संख्या में पब्लिक आई थी उस पब्लिक को देख कर थोड़ा डर जाता है और वह अपने ईश्वर को याद करता है और आंख बंद करके लाखों लोगों के सामने आंख बंद करके कहता है हमारी सरकार ने हमारे लिए बहुत कुछ नहीं किया है वह कहता है आज की सरकार से हर गरीब व्यक्ति दुखी है उसे जिस समय खाना खाने को मांगता है उस समय उसे खाना नहीं मिलता हमारे लिए जो सही समय पर काम होना चाहिए वह नहीं होते हैं आज की सरकार ने 99 % भ्रष्ट कर्मचारी रखे हैं जब तक उनकी जेब को गरम ना किया जाए तब तक वह खड़े नहीं होते हैं यदि गांव की बात की जाए तो पीएम आवास योजना का लाभ वास्तव में पंचानवे परसेंट गरीबों को मिला ही नहीं है क्योंकि जो आज की सरकार ने भ्रष्टाचार में लिप्त पंचायत सचिव जनपद पंचायत सीईओ और जिला पंचायत पर भ्रष्ट कर्मचारी बैठा कर रखे हैं यदि मुझे सीएम बना दिया जाए तो 1 महीने के अंदर 80% भ्रष्टाचार खत्म कर दूंगा इतना कहकर भारत चुप हो जाता है और वह सोच में पड़ जाता है आखिर मैंने यह क्या बोल दिया तभी तालियों की आवाज चारों तरफ गढ़ गढ़ आने की आवाज आने लगती है तब सीएम साहब खड़े होकर बोलते हैं बेटा भाषण अच्छा दे लेते हो क्या नाम है तुम्हारा भारत बोलता है सर मुझसे गलती हो गई सीएम बोलते बेटा हमने नाम पूछा है गलती नहीं तब भारत बोलता है सर मेरा नाम भारत है और मुझसे अनजाने में यह मुँह निकल गया मैं खुद नहीं जानता इसके लिए मैं माफी मांगता हूं तब सीएम महोदय भारत के कंधे पर हाथ रख कर भाषण देते हैं हम आज तक कुछ नहीं कर पाए कि उन्होंने कहा कि मुझे 1 महीने के लिए सीएम बना दो 80% करप्शन खत्म कर देंगे चलो भारत को 1 महीने के लिए सीएम बनाने का एलान हम करते हैं ठीक आने वाली इस 10 तारीख से अगले माह की 10 तारीख तक इनको सीएम हम बनाएंगे इतना कहते ही लोगों के बीच से आवाज निकलती है बहुत खूब अब 30 दिन का नायक निकलने वाला है और तालियों की आवाज चारों ओर गूंजने लगती है तब भारत सीएम साहब के पैरों में गिर जाता है और बोलता है सर मुझसे गलती हो गई मुझे सीएम नहीं बनना तब सीएम बोलते हैं बेटा भरी महफिल में तुमने जो भाषण दिया है उसका अब तुम्हें मान रखना है और इस माइक से लोगों की भीड़ को जवाब देना है 1 महीने का सीएम बना है ना तुम्हें हां बोलो या भरी पब्लिक के सामने मुझसे माफी मांगो और कहो मुझसे गलती हो गई मैं पागल हूं तब भारत मायक को हाथ में पकड़ता है और कहने से पहले आंख बंद करता है और सोचता

है हो सकता है ऊपर वाला मुझसे कुछ नया करवाने वाला हो और बिना डरे वह कहता है आज सबके बीच सीएम महोदय ने मुझे इस 10 तारीख को सीएम बनने की घोषणा की है शायद यह झूठ तो नहीं बोल रहे हैं मैं सी एम बनने के लिए तैयार हूं 1 महीने का लेकिन सी एम महोदय को अपने वादे पर अटल क्या रह पाएंगे या जो घोषणाएं करते हैं उनकी तरह यह घोषणा भी फुस हो जाएगी मैं पब्लिक के सामने यह घोषणा करता हूं यदि इस 10 तारीख को मैं सीएम बना तो अगले महीने की 10 तारीख आने से पहले 80% करप्शन खत्म कर दूंगा जो रिश्वत लेते हैं वह रिश्वत नहीं ले पाएंगे और मैं आग्रह करता हूं सीएम सर से मेरे सर पर एक बार सीएम का ताज जरूर मुझे पहनाया जाए तब सीएम धर्मवीर आते हैं और भारत से कहते हैं बेटा हम तुमसे वादा करते हैं इस 10 तारीख को तुम सीएम बनोगे दुनिया की कोई भी ताकत तुम्हें सीएम बनने से कोई भी रोक नहीं पाएगी इतना कहकर सीएम धर्मवीर माइक को भारत के हाथ में थमा कर स्टेज से नीचे उतर जाते हैं इतना सुनते ही पब्लिक तालियां बजाती है जब सीएम धर्मवीर चले जाते हैं तब भारत भी डरता हुआ स्टेज से नीचे उतरता है और सोचता है आज तो बहुत बड़ा पंगा ले लिया और फिर बोलता है चलो जो होगा देखा जाएगा इधर सारी मीडिया वाले यहाँ तक की खबर चारों तरफ जंगल में लगी आग की तरह फैल जाती है सारे न्यूज़ चैनल पर सोशल मीडिया पर व्हाट्सएप ट्विटर इंस्टाग्राम सभी पर एक ही न्यूज़ आती है आने वाली 10 तारीख को एक नया सीएम बनेगा और अपने चैलेंज को कैसे पूरा करेगा शाम होती है और घर वापस आता है भारत तब उसे एहसास होता है अपुन कैसे 80% करप्शन को खत्म करेगा दूसरी तरफ उसे डर रहता है कहीं उसके परिवार वालों को कुछ हो ना जाए क्योंकि जब ओखली में सर लगता है तो उस पर सर को फूटना पड़ता है फिर सोचता है चलो जो होगा देखा जाएगा फिर दिमाग में आइडिया आता है की उनके विश्राम भवन में जाकर माफी मांग ली जाए तो माफ कर देंगे और सारा किस्सा यही शांत हो जाएगा यह सोच कर वह अपने पिता श्री से कहता है पापा जी आज मुझसे बहुत बड़ी गलती हो गई और यह गलती आप सब पर भारी पड़ जाएगी और पूरा वृतांत अपने पिताजी को सुना देता है पिताजी सारा वाक्यांश सुनकर सदमे में आ जाते और बोलते हैं बेटा यह क्या कर दिया तब भारत बोलता है पापा जी यदि आप राम कृष भाई साहब से बात करो कि मुझे सीएम नहीं बनना है तो वह विश्राम भवन में जाकर सीएम साहब से माफी मांग

सकते हैं तब भारत के पिताजी रामकृष्ण पत्रकार भाई साहब के पास जाते हैं राम कृष्णा भाई साहब देखकर बोलते हैं दाढ़ी वाले तेरे बेटे ने तो आज कमाल कर दिया तब भारत के पिता जी बोलते हैं भारत से गलती हो गई आप कुछ ऐसा करो कि सांप भी मर जाए और लाठी भी न टूट जाए तब राम कृष्ण भाई साहब कुछ सोचते हैं और बोलते हैं ठीक है मैं अभी बात करके बताता हूं तब फोन को निकालते हैं और सीएम धर्मवीर के पीए से बात करते हैं फोन पर P A बताता है ठीक है बाप बेटे को साथ में लेकर विश्राम भवन में आ जाओ तब रामकृष्ण पत्रकार भारत और उसके पिताजी को साथ में ले जाते हैं विश्राम भवन और वह पीए से बात करते हैं तब पीए बोलता है बैठ जाओ मैं अभी सर से आपकी मीटिंग फिक्स कर के आता हूं जाते जाते पीए बोलता है आपके बेटे ने जो पकेड़ा खड़ा किया है उसका हरजाना तो पूरे परिवार को भोगना पड़ेगा तब राम कृष्ण भाई साहब बोलते हैं डाड़ी वाले तेरे बेटे ने जो कमाल किया है उसका फल तो मिलना है इसके बाद अंदर से सीएम धर्मवीर आते हैं और हाथ जोड़कर बोलते हैं आओ भाग हमारे जो दर्शन हुए तुम्हारे आने वाले समय में भावी मुख्यमंत्री जी के चरण कहां है कहते हुए हंसते हैं और बोलते हैं बेटा बोला तो तुम बड़ा हो लेकिन गलती कर बैठे फिर भी कहो कैसे आए तब भारत के पिताजी सीएम धर्मवीर के पैरों में गिरकर बोलते हैं गलती हो गई माफ कर दीजिए तब सीएम धर्मवीर बोलता है ठीक है माफ किया लेकिन भरी सभा में तुम्हारे बेटे को यह बोलना होगा कि मुझसे बहुत बड़ी गलती हो गई और मैं पागल हूं जो देवता सामान सीएम साहब को उल्टा सीधा बोल गया उसके लिए सबके सामने माफी मांगता हूं और अपनी पछताब के लिए अपने आप को तेल डालकर आग लगा लूंगा इतना सुनते ही भारत के पिताजी रोने लगते हैं यह देख कर भारत बोलता है नहीं पापा रोना नहीं आपको ध्यान होगा आप मुझे ढोला महारानी की कहानी सुनाते थे न फिर भारत बोलता है सीएम साहब अब आप तैयारी कर लीजिए मुझे सीएम का ताज पहनाने की अभी तक मैंने सोचा नहीं था लेकिन अब आपका यह नशा 15 दिन में उतार दूंगा इतना कहकर अपने पिताजी के साथ घर वापस आ जाते हैं उधर सीएम धर्मवीर गुस्से में अपने पीए पर चिल्लाते हैं और कहते हैं अभी सारे विधायकों को मीटिंग के लिए बुलाया जाए तब विधायक धूमा दादा सीएम धर्मवीर से ज्यादा अच्छे खासे माफी मांगने के लिए आए थे बाप बेटा लेकिन तुमने तो बखेड़ा खड़ा कर दिया अच्छा खासा मामला यही पर रफा-दफा हो रहा

था लेकिन उसमें तो इन्होंने तेल लगा दिया खुजली तो होगी उसे मिटाने के लिए नया सीएम आएगा अब भुगतना तब सीएम धर्मवीर डूमा दादा से बोलते हैं आप एकदम चुप रहो अब मुझे कुछ करना होगा तब डूमा दादा बोलते हैं आप क्या करोगे करेगा तो अब नया सीएम अपने सर पर सीएम धर्मवीर हाथ फिरता है और बोलता है साला सब कुछ गड़बड़ हो गया अब 80% करप्शन खत्म करेगा और उस 80% में 70% मैं ही हूं यानी मेरा मरना तय है अब मुझे कुछ करना ही पड़ेगा तब सीएम धर्म वीर धूमा दादा से बोलता है बिल्ला दादा को फोन लगाओ और अभी यहीं पर बुलाओ बात करना है डूमा दादा बिल्ला दादा को फोन लगाता है लेकिन मोबाइल रेंज से बाहर बताता है और मोबाइल नहीं लगता तब सीएम धर्मवीर डूमा दादा से बोलता है साले नए सीएम को आने से पहले उसे मरवा दो इसी बीच P A बोलता है अगर ऐसा हुआ तो विपक्ष हम पर हमला बोल देगा कि सीएम ने ,होने वाले सीएम को मरवा दिया और आने वाले इलेक्शन में हम हार सकते हैं तब सीएम धर्मवीर सोचता है यह भी सही है चलो ठीक है उसे 1 महीने का सीएम बना देते हैं एबीसीडी समझने में यूं ही गुजार देगा इधर भारत सिंह घर पर आता है और कमरे में जा कर गेट बंद कर लेता उधर मुख्यमंत्री धर्मवीर सभी विधायकों की बैठक करता है और सभी से बोलता है मैंने भरी सभा में बोल दिया है कि 1 महीने के लिए उस हरामखोर को एक महीने का सीएम बनाउगा आप मुझे बताइए कौन-कौन मेरे साथ समर्थन देने के लिए तैयार है तब लल्लू विधायक बोलता है सीएम साहब पहली बार तो आपने यह बहुत ही गलत किया है यदि उस निकम्मे ने उंगली डालना स्टार्ट कर दिया तो खूजाते खुजाते पिछवाड़ा फूल जाएगा सीएम बोलता अबे लल्लू तू चुप हो जा क्यों अभी से पिछवाड़ा खुजाने लगा है ,

इसके बाद विधायक मानसिंह खड़े होकर बोलते हैं ठीक है सीएम साहब हम आपके साथ हैं आप कहते हैं तो उसे भी एक महीने का सीएम बना देंगे देखते 1 महीने में क्या उखाड़ लेगा तब विधायक पप्पू जाटव बोलता है देखो सीएम साहब आपको जो करना आप करिए हमारे ऊपर किसी भी प्रकार की पाबंदी नहीं लगना चाहिए और आप जिसे बोलते हो हम उसे मुख्यमंत्री बना देंगे बस हमारा हिस्सा आ जाना चाहिए सीएम महोदय बोलते हैं ठीक है आपको आपका है सब मिल जाएगा इसके बाद सारे विधायक विश्राम भवन से होटल के लिए रवाना हो जाते हैं सभी विधायक जाने के बाद पीए से धर्मवीर बोलता हैं अभी थोड़ा मूड गर्म

करना है थोड़ा महफिल का इंतजाम जल्दी से करो उधर भारत रात के समय में दरवाजा को खोलता है और अपने माता पिता व भाई बहन के साथ खाना खाता है और वह अपने पापा से कहता है मैं 2 दिन के लिए मामा के घर जा रहा हूं उनसे थोड़ी राजनीति सीख लूं क्योंकि मुझे 10 तारीख को सीएम बनना है 1 महीने के लिए पापा बोलते हैं ठीक है बेटा लेकिन अपना ख्याल रखना इतना कह कर खटिया पर बैठ जाते हैं भारत के जाने के बाद भारत के माता पिता आपस में बात करते हैं चलो ठीक है खुशी इस बात की है कि हमारा बेटा मुख्यमंत्री बनने वाला है लेकिन दुख भी होता है कहीं इस राजनीति के चक्कर में कुछ हो ना जाए तब भारत की बड़ी बहन बोलती है मम्मी पापा आप टेंशन ना लीजिए बिल्कुल भी चिंता मत कीजिए क्योंकि मैं जानती हूं मेरा भाई एक समझदार और बहादुर है भाई कुछ ना कुछ ऐसा जरूर करेगा जिससे सामने वाले की पतलून गीली न हो जाए भारत के पापा बोलते हैं इसी बात का तो डर है

भारत रात के समय में अपने गुरु जी अनिल महाराज के यहां जाते हैं और कहते हैं गुरुजी मुझे आपके आशीर्वाद की जरूरत है इतना कहता है और पैरों को पकड़ लेता है गुरुजी बोलते हैं भाई पैरों को तो छोड़ो बताओ क्या आशीर्वाद चाहिए तुम्हें तब भारत बोलता है मुझे आपकी सहायता की जरूरत है मैं एक दुविधा में फंस गया हूं गुरु जी बोलते हैं साफ-साफ बताओ बात क्या है आखिर, भारत बोलता है आज मैं रैली में शामिल होने गया था वहां पर सीएम साहब से पंगा हो गया गुरुजी बोलते अरे भाई क्या पंगा हो गया तब भारत बोलता है उन्होंने बोला कि 1 महीने के लिए सीएम बनोगे और मैंने हां बोल दिया और सारा वृत्तांत गुरु जी को भारत सुनाता है गुरु जी यह सुनकर बहुत प्रसन्न होते हैं बोलते हैं बेटा तुम्हारे भाग में राजयोग लिखा था और तुम इस राज्य के राजा बनोगे तब भारत बोलता है इसी बात का तो डर है गुरु जी मुझे 1 महीने के अंदर 80% करप्शन खत्म करना है और उसे खत्म करने के चक्कर में मैं खत्म ना हो जाऊं तब गुरु जी बोलते हैं चिंता मत करो कौन सा आशीर्वाद चाहिए तुम्हें सदा विजय होने का या सारी दुनिया तुम्हारे आगे नमन करते रहे, नहीं गुरु जी भारत बोलता है मुझे ऐसा कुछ नहीं चाहिए बस मुझे सम्मोहन विद्या को जागृत करनी है आप उस विद्या को जागृत करने का उपाय बता दीजिए तब गुरुजी अपने दिव्य दृष्टि से देखते हैं कि भारत को सीएम बनने के 10 दिन बाद ही उससे कुछ गुंडों ने मौत के घाट उतार दिया इतना देखकर वह आंख खोलते हैं और भारत से बोलते हैं बेटा

इस राज योग के चक्कर में तेरी मौत भी करीब आ रही है अब मेरे पास तेरी रक्षा का कोई भी उपाय नहीं है तब भारत बोलता है गुरु जी कोई तो उपाय होगा गुरु जी कुछ समय के लिए चुप हो जाते हैं और कुछ समय पश्चात बोलते हैं ठीक है उपाय तो एक है मगर उस उपाय को सिद्ध करने के लिए एक रक्षा कवच का निर्माण स्वयं तुम्हें करना होगा तब भारत बोलता है गुरुजी यह तो कंफर्म हो गया कि मरना सीएम बनने के 10 दिन बाद है इसका मतलब मैं अभी कोई भी रक्षा कवच धारण करूंगा तो मुझे कोई नहीं मार सकता तब गुरु जी बोलते हैं हां यह बात भी सत्य है तब भारत बोलता है गुरुजी आप मुझे रक्षा कवच का निर्माण कैसे करना है आप मुझे स्पष्ट बताइए तब गुरु जी बोलते हैं ठीक है बेटा यदि तुझे रक्षा कवच का निर्माण कर सकते हो तो उपाय सुनो और सारा उपाय भारत के कानों में सुनाते हैं तब भारत बोलता है ठीक है यह सिद्ध कवच आज रात्रि के दूसरे पहर होते ही सिद्ध कर लूंगा फिर गुरुजी से आज्ञा लेता और वह जंगल में निकल जाता है जहां पर शमशान घाट रहता है जैसे ही शमशान घाट के निकट पहुंचता है वहां पर बड़ा ही विचित्र नजारा देख कर चौक जाता है वहां पर भारत देखता है चार पांच साल का बालक चिता की पास खेल रहा है जैसे ही बारात उससे चिता की पास पहुंचता है तो वह बालक उस जलती चिता में कूद जाता है यह देख कर भारत तेजी से उस जलती चिता के पास आता है और बड़े गौर से उस जलती चिता को देखता है लेकिन देखने से ऐसा प्रतीत होता है जैसे कि वह बालक का घर हो तब गुरु जी की बात याद आती है कि आज अमावस्या कि रात है और इस रात्रि के समय डोकाडोकी जलती चिता के आसपास होते हैं यदि तुम उन्हें अपनी मंत्र शक्ति के द्वारा गुलाम बना लेते हो तो वह तुम्हारी हर समय रक्षा करने के लिए विवश हो जाएंगे तब भारत मन में दृढ़ संकल्प करता है मैं अपनी योग विद्या के द्वारा डोका डोकी को अपना गुलाम बना लूंगा तब भारत अपने आधे कपड़े उतारता है और अर्धनग्न होकर जलती चिता के पास एक रक्षा कवच बनाता है और गुरु जी की विशेष मंत्र का जाप करता है जलती चिता की एक लकड़ी को हाथ में उठाता है और अपने चारों तरफ एक लकीर का घेरा बनाता है फिर गुरु जी के रक्षा कवच मंत्र का उच्चारण करता है

(विशेष नोट यह मंत्र काफी शक्तिशाली है यदि कोई सिद्ध कर लेता है तो उसकी देह की रक्षा स्वयं महाबली करते हैं)

"धड़ राखे धरती माता शीश राखे कालका उपर चले काली माता नीचे चले नरसिंह पीछे चले सुदर्शन चक्र आगे चले हनुमतमहावीर "इस मंत्र द्वारा वह अपने चारों ओर विशेष सुरक्षा कवच बना लेता हैं इस सुरक्षा कवच को तोड़ना डोका डोकी के बस में भी नहीं है तथा दूसरा सुरक्षा कवच भी तैयार करता है जिस घेरे में डोका डोकी को लाना है उस घेरे को मां काली मंत्र से रक्षा कवच बनाता है जिससे डोकी डोकी उस घेरे के अंदर आते ही वह बाहर नहीं जा पाएगा

वह काली माता का दिया हुआ विशेष मंत्र का उच्चारण करता है" काली काली कहां चली काली चली जंगली वन डांग में जंगली वन डांग में क्या करेगी काली हवन करेगी हवन से क्या होगा

करनी का करतूत का जादू का टोना का वशीकरण का नो नारी 72 कोट से अगर तेरा कहना ना करूं तो काली ना कहलाऊ"

इस मंत्र से भी अपने चारों तरफ इक विशेष सुरक्षा चक्र का निर्माण करता है तथा इसके बाद डोका डोकी का आव्हान करता है और विशेष घेरे में ला कर डोकाडोकी को अपना कार्य सिद्ध करवाने के लिए उसे वश में करता है डोका डोकी के बस में हो जाने पर डोकाडोकी बोलता है कहो मुझसे क्या काम करवाना है तब भारत बोलता है आपको मेरा गुलाम बनना है वह भी सात पीढ़ी तक डोका डोकी बोलता है ठीक है लेकिन मुझे हर समय कोई ना कोई काम चाहिए मैं खाली नहीं बैठ सकता हूं मैं जिस समय खाली बैठ गया उसी समय तुम्हें छोड़ कर चला जाऊंगा भारत बोलता है ठीक है आपको मुझे वचन देना होगा कि आप मेरे सात पीढ़ी तक गुलामी करोगे

डोका डोकी बोलता है ठीक है मैं आपको वचन देता हूं की आने वाली सात पीढ़ी तक गुलामी करूंगा इसके बाद भारत अपने सुरक्षा कवच से बाहर आता है और वह अपने कपड़ों को पहनता है और डोकाडोकी से बोलता है चलो मेरे साथ इसके बाद दोनों घर के लिए रवाना होते हैं तब डोका डोकी का, भारत नया नाम रखता है शिवाएं अपना नया नाम सुनकर डोका डोकी खुश होता है लेकिन वह चार पांच साल का बच्चा दिखता है भारत बोलता है शिवाय तुम बच्चे की हाइट के दिखते हो बड़ा कब होगे शिवाय बोलता है मुझे बड़ा होने में 25000 साल का समय

लगेगा इतना सुनकर भारत चौंक जाता है बोलता है अभी तुम्हारी उम्र कितने साल की है तब शिवाय जवाब देता है मेरी उम्र अभी 5000 वर्ष की है

भारत मन में सोचता है वाह क्या उम्र पाई है, दोनों जैसे ही श्मशान घाट से निकलते हैं तो बीच रास्ते में कुटू कुटू नाम का मुर्दा रास्ता रोक लेता है और कुटुकुटू बोलता है मुझे मुक्ति दे दो बहुत तड़प रहा हूं भारत बोलता है अब शिवाय इसे मुक्ति चाहिए कैसे मिलेगी शिवाय आंख बंद करता है और बोलता है मेरे आका इसे मुक्ति नहीं चाहिए इससे तो जिंदा जला दिया जाए और हंसने लगता है हंसता हुआ शिवाय को भारत देखता है तो शिवाय के ऊपर गुस्सा करने लगता है अरे शिवाय ए कितना कष्ट में है और तुम हंस रहे हो तब शिवाय बोलता है यह हमारा भोजन करने के चक्कर में है , भारत बोलता है चलो ठीक है शिवाय इसी का भोजन क्यों ना हम दोनों मिलकर कर ले शिवाय जोर से हंसता है और बोलता है यही तो मैं चाहता था करीब 1 साल से खाना नहीं खाया क्योंकि जिंदा मुर्दा मेरे पास आते नहीं है और मरे हुए मुर्दों को मैं खाता नहीं हूं भारत बोलता है ठीक है तुम इसको खा लो जैसे शिवाय जय खेत्रपाल की बोलता है और अपना मुंह बड़ा करता और इतना बड़ा कर लेता है की कई इंसानों को खा जाए और फिर कुटू कुटू नाम के मुर्दा को खा जाता है खाने के पश्चात शिवाय पेट पर हाथ फिरता है और लंबी डकार लेता है और भारत की तरफ देखता है और बोलता है मेरे आका ऐसे क्यों देख रहे हो मैंने तो अभी खाना खाया है बहुत दिन से भूखा था और हंसने लगता है फिर बोलता है चलिए मेरे आका कहां चलना है भारत बोलता है ठीक है चलो लेकिन तुम अब बच्चे के रूप में रहना और मेरी इजाजत के बिना कोई कारनामा नहीं करना शिवाय मुंडी को हिलाता है और इशारा करता है ठीक है आपके इशारे के बिना कुछ भी नहीं करूंगा भारत बोलता है ठीक है चलो फिर दोनों जैसे ही घर पहुंचते हैं भारत के पिताजी जाग रहे होते हैं और उस बालक को बड़े गौर से देखते हैं फिर भारत से बोलते हैं यह किसके बालक को अपने साथ ले आए हो भारत बोलता है पिताजी यह डोका डोकी है भारत के पापा हंसते हुए बोलते हैं आखिर मैं ही मिला था मजाक करने के लिए डोका डोकी को आज तक कोई भी अपना गुलाम नहीं बना पाया फिर तुमने कैसे बना लिया चलो ठीक है रात ज्यादा हो गई है सो जाओ सुबह तुम्हें मामा के घर भी तो जाना है भारत बोलता है ठीक है पापा जी भारत और शिवाय कमरे में सोने के लिए चले जाते हैं और गेट बंद कर लेते हैं तब शिवाय बोलता है मुझे नींद नहीं आ रही मुझे

आप काम बताइए वरना मैं अभी अपने घर चला जाता हूं भारत बोलता है काम तुझे बता दूंगा पहले सो जा शिवाय बोलता है ठीक है अभी सो जाता हूं दोनों सो जाते हैं कुछ समय बाद शिवाय भारत के पैर पकड़ता है और बोलता है मेरे आका मुझे काम चाहिए मैंने अपनी नींद पूरी कर ली है भारत बोलता है अभी तो 10:15 मिनट हुआ है इतनी जल्दी नींद कैसे पूरी कर ली है तब सिवाय बोलता है मैं 50 साल की नींद 1 मिनट में पूरी कर लेता हूं आपने तो मुझे 15 मिनट के लिए सुला दिया था भारत बोलता है ठीक है तुम समुद्र के किनारे से मछली पकड़ कर ले आओ शिवाय बोलता है ठीक है अभी जाता हूं भारत मन में सोचता है चलो 5 दिन तो लगेंगे इसके लिए तब जरूरत होगी तो मैं बीच में बुला लूंगा भारत जैसे ही सोने वाला होता है शिवाय आ जाता है बोलता है मेरे आका यह लो मछली समुद्र की ताजा-ताजा मछली है अगर आप आज्ञा दें इसे भी खा लूं तब भारत बोलता है इतनी जल्दी कैसे पकड़ कर ले आया शिवाय बोलता है मुझ में उड़ने की शक्ति है 1 मिनट में 50,000 किलोमीटर की दूरी तय कर सकता हूं भारत बोलता है वाह इतनी तेज रफ्तार से है और शिवाय बोलता है हां मेरे आका आपने मेरे कारनामे देखें कहां हैं ठीक है तुम मछली को खा जाओ अभी मछली खाने के बाद शिवाय बोलता है आप मुझे काम बताइए और कोई भारत बोलता है ठीक है अभी काम बताता हूं भारत खड़ा होता है और खिड़की से बाहर की तरफ देखता है जहां पर एक कुत्ता बैठा रहता है वह अपनी पूंछ को इधर उधर हिलाता है भारत हंसता हुआ बोलता है सिवाय इधर आओ शिवाय उड़ता हुआ आता है भारत बोलता है किसी और के सामने नई उड़ना शिवाय बोलता है ठीक है कहो क्या है भारत बोलता है उस कुत्ते को देख रहे हो शिवाय बोलता है हां देख रहा हूं तो जाओ उस कुत्ते की दुम को सीधा करना है लेकिन ध्यान रहे कुत्ते को किसी भी तरह की परेशानी ना हो शिवाय बोलता है यह तो मेरे बाएं हाथ का काम है अभी उस कुत्ते की पूछ को सीधा करता हूं और वह खिड़की में से निकलकर कुत्ते के पास पहुंच जाता है और कुत्ते की पूंछ को पकड़ कर सीधा करता है और बोलता है सीधी हो गई जैसे ही कुत्ते की पूंछ को छोड़ता है वह टेढ़ी की टेढ़ी हो जाती है कुत्ता भी उसकी तरह गौर से देखता है कि आखिर कौन है जो मुझे प्यार से सेहला रहा है शिवाय बार-बार उस पूछ को सीधा करता है लेकिन छोड़ने पर पूंछ टेडी की टेढ़ी हो जाती है यह सब भारत के पापा गौर से देख रहे होते हैं और मन ही मन शिवाय पर हंस रहे होते हैं कि आखिर यह क्या कर रहा है शिवाय वापिस भारत के पास आता है

और बोलता है इस काम को छोड़कर कोई और काम हो तो मुझे बताएं कुत्ते की पूंछ मुझसे सीधे नहीं हो रही है भारत बोलता है तो ठीक है अब कोई काम नहीं बताऊंगा तुमको जो काम बताया था वह हो नहीं पा रहा है अब तुम मान लो बिना काम के सात पीढ़ी तक गुलामी करोगे शिवाय बोलता है ठीक है मैं आने वाली सात पीढ़ी तक गुलामी करूंगा ठीक है अब रात ज्यादा हो गई है सो जाओ सुबह बहुत कुछ काम करना है दोनों सो जाते हैं सूरज की पहली लाल लाल किरण के साथ शिवाय जाग जाता है और भारत को भी जगाता है दोनों उठकर वाह नदी में स्नान करके और भगवान की पूजा पाठ करके वापस आते हैं उधर सीएम धर्मवीर अपना इस्तीफा लिखकर राजपाल को देता है कि वह मुख्यमंत्री पद से त्यागपत्र दे रहा है एवं नया सीएम भारत सिंह 10 तारीख से सीएम पद की शपथ ग्रहण करेगा धर्मवीर का त्यागपत्र राजपाल स्वीकार कर लेते हैं सारे प्रदेश में यह खबर न्यूज़ के माध्यम से फैल जाती है कि मुख्यमंत्री धर्मवीर ने अपना त्यागपत्र दे दिया है एवं नए सीएम 10 तारीख को शपथ ग्रहण करेंगे इधर भारत शिवाय के साथ बस में बैठकर भोपाल के लिए रवाना हो जाते हैं क्योंकि भारत को मुख्यमंत्री पद की शपथ ग्रहण जो करनी है भोपाल पहुंचते ही उन्हें कलेक्टर की तरफ से लेने के लिए कार आ जाती है वह दोनों कार में बैठ कर बल्लभ भवन पहुंचते हैं जहां पर शपथ ग्रहण समारोह होता है वह मुख्यमंत्री पद की शपथ लेते हैं शपथ लेने के तुरंत पश्चात वह अपने काम पर लग जाते है और मीडिया से बातचीत करने से बचते हैं ,

लेकिन मीडिया वाले नए सीएम को चारों तरफ से घेर लेते हैं और सवाल पूछते हैं कि आप 1 महीने के लिए सीएम बने है किस तरह से आप अपने काम को अंजाम दोगे नए सीएम भारत बोलता है इस समय मेरे पास टाइम नहीं है मुझे अभी मंत्रालय जाना है इसलिए आप सभी से अनुरोध है आप मेरा रास्ता न रोके अन्यथा सारे मीडिया कर्मियों को इसका जवाब अभी मिल जाएगा इसके बाद सारे मीडिया कर्मी रास्ते से हट जाते हैं और अपने अपने न्यूज़ चैनल पर कैमरा के सामने आकर बोलते हैं देखिए नए सीएम मीडिया को धमकी दे रहा है कि अपने रास्ते से हट जाइए वरना इसी समय जवाब मिल जाएगा आखिर नई सीएम साहब इतनी जल्दी में मंत्रालय क्यों जा रहे हैं जैसे ही मुख्यमंत्री महोदय अपने कार की ओर बढ़ते हैं तभी एक 24.25 साल की एक लड़की आगे बढ़ती हुई आती है और सीएम साहब से बोलती है मैं आपकी पीए हूं सीएम महोदय बोलते

हैं चलो गाड़ी में चल कर बातचीत करेंगे पीए मैडम आगे बोलने वाली होती है भारत बोलता आपको कम सुनाता है क्या चलिए गाड़ी में भारत और शिवाय गाड़ी में बैठते हैं फिर मैडम गाड़ी में बैठती है बैठने के बाद ड्राइवर से सीएम बोलता है अभी मंत्रालय चलो

मंत्रालय पहुंचते ही सीएम महोदय अपने पीए से बोलते हैं इन सभी अधिकारियों से बोल दो अपने काम की फाइल आज शाम 5:00 बजे तक लेकर आना है कहीं से भी जो भी फाइल को लेकर नहीं आएगा उसे सस्पेंड कर दिया जाएगा इसके बाद सीएम महोदय अपने पीए से बोलते हैं जितने भी कलेक्टर हैं उन सभी से आप आज रात को 12:00 बजे से पहले अपने सभी जो आपके अंदर में आते हैं उन सभी विभागों में जो भ्रष्टाचार से लिप्त हैं जिनकी शिकायत हमारे राज्य की पब्लिक ने की है एवं जिनके काम अपनी तय समय सीमा में से ज्यादा समय लिया है और उन शिकायतों का निराकरण समय सीमा के अंदर नहीं किया है उन सभी कर्मचारियों को सस्पेंड का आदेश निकाला जाए और उन पर तुरंत कार्यवही का आदेश निकाला जाए ,

इसके बाद एक टोल फ्री नंबर निकाला जाता है और सभी राज्य के लोगों के लिए इस शिकायत नंबर पर अपनी समस्याएं इस नंबर पर बता सकते हैं उन समस्याओं का निराकरण तुरंत ही किया जाएगा यह मुख्यमंत्री भारत बोलता है एवं इसके बाद सभी कर्मचारियों से अपने-अपने विभाग में कितने रिक्त पद हैं उनकी जानकारी 2 दिन के अंदर देने का आदेश देता है साथ ही यह भी आदेश देता है कि यदि 2 दिन के अंदर विभाग रिक्त पदों की जानकारी नहीं देता है तो उसके जितने भी ए ग्रेट के अधिकारियों हैं उन्हें सस्पेंड कर दिया जाएगा इसके बाद नए सीएम एक और आदेश निकालते हैं कि जो भी कर्मचारी दूसरे विभाग में अटैच है वह अपने मूल विभाग में 2 दिन के अंदर अपने वरिष्ठ अधिकारी को सूचित करें कि हम अपने मूल विभाग में आ चुके हैं यदि अपने वरिष्ठ अधिकारी आपका जवाब नहीं देता है और अपने विभाग में जॉइनिंग होने का आपको कोई सबूत नहीं देता है तो आप उसके पास व्हाट्सएप नंबर पर अपना लिखित में आवेदन उसके नंबर पर छोड़ दें और उसकी मूल कॉपी या स्क्रीनशॉट निकलवा कर अपने पास रखें ताकि आपके ऊपर कोई वैधानिक कार्रवाई हो तो स्क्रीनशॉट बताकर आप वरी हो सके इसके बाद सीएम महोदय अपनी सेक्रेटरी एवं शिवाय

के साथ डिस्ट्रिक हॉस्पिटल में पहुंचते हैं एवं वहां पर औचक निरीक्षण करते हैं !

निरीक्षण करने के पश्चात कई गलतियां सामने आती हैं तथा कुछ डॉक्टर अपने शेड्यूल टाइम पर अनुपलब्ध रहती हैं उन पर तुरंत सस्पेंड करने का आदेश जारी होता है एवं स्वस्थ विभाग से तुरंत ही सारा ब्यौरा मांगा जाता है की कितने पद डॉक्टर के और नर्सिंग ऑफिसर के खाली हैं इसके बाद बाल कल्याण विभाग पहुंचते हैं वहां पर एक टीम गठित करते हैं कि जो भी स्कैम इसमें निकालेगा उसे तुरंत ही प्रमोशन किया जाएगा इसके बाद बाल कल्याण विभाग में कई ऐसे स्कैम निकलते हैं जिनसे अरबों रुपए का शासन को घाटा हुआ है इसके बाद नए सीएम साहब आदेश देते हैं कि कितने लोग कुपोषण से पीड़ित हैं वह रिपोर्ट 5:00 बजे तक मिल जाना चाहिए यदि 5:00 बजे तक रिपोर्ट नहीं दी जाती है तो सभी कर्मचारियों को सस्पेंड कर दिया जाएगा !

तभी एक टोल फ्री नंबर पर फोन आता है वह फोन पर बताता है कि सांची रोड पर पुलिस वाले चेकिंग कर रहे हैं और रसीद काट रहे हैं लेकिन कुछ लोगों को पैसे लेकर जाने दे रहे हैं कृपया श्रीमान जी इनका कुछ इलाज करिए इसके बाद नए सीएम भेष बदलकर अपनी पर्सनल सेक्रेटरी के साथ दोनों गाड़ी से जाते हैं तभी चेकिंग पॉइंट पर उन दोनों को रोक लेते हैं पुलिस वाले बोलते हैं आप लाइसेंस बताइए लाइसेंस बताने पर गाड़ी के पेपर मांगते हैं वह मना कर देते कि हमारे पास गाड़ी के पेपर नहीं है कृपया हमें जाने दीजिए पुलिस वाले बोलते हैं ठीक है चले जाओ मगर हमारे साहब से एक बार मिल लो साहब के पास दोनों जाते हैं इसके बाद साहिब बोलता है भाई बिना पैसों के कुछ भी नहीं हो सकता है दो हजार दे जाओ और निकल जाओ तब सीएम साहब बोलते हैं आप ही बताइए श्रीमान जी हम गरीब आदमी हैं 2000 कहां से देंगे तब पुलिस वाला गाली देता हुआ बोलता है यहां क्या ऐसी तैसी कराने आया है फिर बोलता है चल ठीक है 1000 निकाल दे और निकल ले सीएम साहब और पर्सनल सेक्रेट्री 1000 देते हैं तब सेक्रेटरी बोलती है साहिब इस 1000 की रसीद तो दीजिए तब वह पुलिस वाला बोलता है अगर तुम्हें थाने में ले गया ना और धंधा चलाने वाली का केस लगा दिया तो तेरी इज्जत की वाट लग जाएगी चल यहां से निकल जा वरना तुझे थाने ले जाकर अंदर कर दिया तो जिंदगी भर याद रखेगी सीएम साहब बोलते हैं चल बेटा बहुत हो गई अब तेरा खेल खत्म तेरे जैसे रिश्वतखोरी को तो

जूतों से मारना चाहिए तब पुलिस वाला बोलता कौन है भारत बोलता है मैं 1 महीने का नया सीएम हूं और अपनी नकली दाढ़ी मूछ को हटाता है और अपने असली भेष में आ जाता यह देख कर सभी पुलिसवाले डर जाते हैं और सैल्यूट मारते हैं S I बोलता है कि साहब गलती हो गई हमसे दोबारा नहीं होगी इधर नया सीएम बोलता है जितने भी पुलिस वाले हैं उन सब को तुरंत सस्पेंड करो और रिश्वत लेने के जुर्म में इन सब को अंदर करो इतना सुनकर पुलिस वाले डर जाते हैं और सभी मीडिया वाले इनका लाइव वीडियो बना रहे होते पब्लिक तालियां बजाने लगती है और लोगों की भीड़ में से आवाज आती है आ गया असली नायक 1 दिन का नहीं 1 महीने का ऐसे रिश्वतखोर पुलिस वालों को तो चप्पल जूतों से मारना चाहिए तभी भीड़ में से 70 साल की बुजुर्ग महिला निकल के आती है बोलती है बेटा मेरी पेंशन नहीं दे रहे हैं मुझसे पेंशन बहाल कराने के लिए पैसे मांग रहे हैं मेरे पास पैसे नहीं है कृपया बेटा मेरी पेंशन बहाल करा दो तब सीएम बोलते हैं मां जी कौन सी जगह से आप की पेंशन किस ने रोक रखी है, बुजुर्ग महिला बोलती है मुख्य कार्यकारी अधिकारी जनपद पंचायत विदिना सीएम साहब बोलते है ठीक है आप चलिए मेरे साथ फिर भेष बदलकर जनपद अधिकारी के पास जाते हैं और बोलते हैं बेटा हमारी पेंशन चालू करा दो ना वह बोलता है बाबू के पास जाइए कब से बोल रहे है कि बाबू को खर्चा पानी दे दो बिना खर्चा पानी के वह फाइल को आगे नहीं भेज रहे है तब सीएम साहब बोलते हैं इस ऑफिस का इंचार्ज कौन है मुख्य कार्यकारी अधिकारी राम लाल के पास जाते हैं और अपनी पेंशन के लिए गुहार लगाते हैं तब रामलाल बोलता है अम्मा जी मेरे यहाँ फाइल आने दो, अम्मा बोलती है बेटा फाइल बाबू के पास पड़ी है आप मंगा लो तो रामलाल बोलता है फाइल पर वजन रखना पड़ता है तब जाकर फाइल आगे बढ़ती है इतना करप्शन देखकर सीएम साहब बोलते हैं और किस-किस को वजन रखना पड़ेगा रामलाल बोलता है अम्मा आपसे तो समझदार आपके साथ में आए हैं उनको ज्यादा नॉलेज है अम्मा बोलती है बेटा वह 1 महीने का नया सीएम है तो उसको तो नॉलेज होगा अब भला हम थोड़ी सी एम हैं इतना सुनकर रामलाल चौक जाता है और आवाज लगाता है चपरासी जल्दी से फाइल लेकर तब सीएम साहब बोलते हैं इसकी कोई जरूरत नहीं पड़ेगी अब जितने भी ऑफिस में है सभी को सस्पेंड किया जाता है और अपनी दाढ़ी मूछ निकालते हैं अपने असली भेष में आकर बोलते हैं तुम जैसे रिश्वतखोर की वजह से आज

हमारी सरकार द्वारा जो पेंशन दी जाती है उसका लाभ आप जैसे भ्रष्टाचार में लिप्त रिश्वतखोरो की वजह से मिल नहीं पाता है हमारी सरकार भी क्या करें जब तक आप जैसे हरामखोर सरकारी विभागों में है ऐसे ही लोग परेशान होते हैं अब कोई ना कोई ऐसा कानून बनाना पड़ेगा जिससे रिश्वत लेने की कोशिश भी ना कर सके और मन में ख्याल आते ही 1100 वोल्ट का झटका लगेगा

इधर शाम होते-होते हैं पूर्व सीएम धर्मवीर को टेंशन होने लगती है अब यह तो हर विभाग की फाइल मंगा रहा है और घोटाला कितने का हुआ यह निकाल लेगा और किन-किन अधिकारियों ने किया है वह सब मुंह खोल देंगे धर्मवीर बोलता है अपने पीए से धूमा दादा को फोन लगाओ और जल्दी मेरे पास बुलाओ पीए फोन लगाता है इसके बाद धूमा दादा धर्मवीर के पास आता है और बोलता है धर्मवीर जी आप चिंता मत करिए शाम आने से पहले ही उस सीएम का राम नाम सत्य कर देंगे सीएम महोदय अपनी गाड़ी से जैसे ही मंत्रालय की ओर जाने के लिए तैयार होते हैं तभी उन पर हमला होता है और सीएम साहब को गोली हाथ में लग जाती है यह देख कर शिवाय को भयंकर गुस्सा आता है और अपना विशाल रूप बना लेता है यह देख कर वहां पर जितने भी लोग मौजूद रहते हैं वह डर जाते हैं व जिन लोगों ने CM पर गोली चलाई थी उन्हें वह पटक पटक कर मार देता है फिर आसमान की तरफ उड़ जाता है एवं अपना छोटा सा रूप बनाकर सीएम के पास आता है सी एम महोदय को हॉस्पिटल लाया जाता है जहां पर डॉक्टर बताता है चिंता करने की कोई बात नहीं इन्हें गोली छूकर निकल गई है आप आराम से घर जा सकते हैं सीएम बोलते हैं अभी मुझे घर नहीं जाना अभी मंत्रालय जाना है वहां पर सभी मेरा इंतजार कर रहे होंगे इसके बाद सीएम साहब ब शिवाय गाड़ी में बैठ कर मंत्रालय पहुंचते हैं जहां पर सभी अधिकारी उनके आने का इंतजार कर रहे होते हैं सीएम साहब बोलते हैं आप अपने-अपने विभाग की फाइल लेकर आ गए हो आप सभी, अधिकारी बोलते हैं हां सर फाइल लेकर आ गए हैं ,

सीएम महोदय बोलते हैं गुड अब ऐसा करो फाइल एक दूसरे को दे दो और फाइल को इकट्ठा करके यहां पर रख दो सभी फाइल को इकट्ठा करके रख देते हैं और उन अधिकारियों से बोल दिया जाता है ठीक है अब आप बाहर जाकर इंतजार करिए तभी कुछ B ग्रेट और C ग्रेट के अधिकारियों को बुलाते हैं और उनसे बोला जाता है कि इन फाइलों को चेक करके यह बताओ की सबसे ज्यादा स्कैम किस

विभाग ने किया है और हां याद रखना यदि किसी ने भी होशियारी करने की कोशिश की या अपनी ईमानदारी से फाइल को चेक नहीं किया उस अधिकारी को सस्पेंड कर दिया जाएगा और जो भी फाइल में गड़बड़ी निकालकर बताएगा उसे अभी प्रमोशन दिया जाएगा और हां याद रखना जिसकी फाइल में कोई भी गड़बड़ी नहीं निकली उस फाइल को और भी अधिकारी चेक करेंगे जब तक की उसमें कोई गड़बड़ी ना निकले कोई स्कैम ना निकले इसलिए याद रखना आप की फाइल कम से कम 10 बार चेक होगी और यदि उसमें एक बार गड़बड़ी निकली तो समझ लेना अपनी नौकरी गई और तुम्हें ऐसी जगह पर भिजाएगे जहां पर तुम जीना चाहोगे लेकिन जी नहीं पाओगे सभी कर्मचारी फाइलों में गड़बड़ी खोजने में लग जाते हैं और 1 घंटे के अंदर हर फाइल में करोड़ों रुपए का घोटाला निकलता है इसके बाद सभी कर्मचारियों को घर जाने के लिए कहा जाता है एवं प्रत्येक विभाग के वरिष्ठ कर्मचारी को बुलाया जाता है और उनसे एक बार सभी फाइलों को चेक करवाने के लिए दी जाती हैं हर फाइल चेक होने पर अरबों रुपए का घोटाला सामने आता है ,

तभी अननोन नंबर से कॉल आता है की धर्मवीर के फार्म हाउस पर करोड़ों रुपए के नकली नोट रखे हुए हैं और इतना बोल कर फोन कट हो जाता इतना सीएम भारत सुनकर एक टीम गठित करते हैं और पूर्व मुख्यमंत्री के जितने भी फार्म हाउस रहते हैं उन सभी फार्म हाउस पर रेड डालते हैं रेड डालने पर करोड़ों रुपए नगद एवं 10 टन सोना मिलता है यह है 2011 का सबसे बड़ा घोटाले का हिसाब लिखी हुई डायरी भी मिलती है ब उन सभी के नंबर भी मिलते हैं उस डायरी में जिन्होंने इस घोटाले को अंजाम दिया है तथा जिन-जिन को जितने रुपए दिए हैं उनके नाम और नंबर भी मिलते हैं इस डायरी को सार्वजनिक किया जाता है लेकिन नाम और नंबर गुप्त रखे जाते हैं तथा उस डायरी के अनुसार सबसे पहले सीएम धर्मवीर के साले पवन कुमार के घर पर छापा मारा जाता है जिसमें अरबों रुपए की बेनामी प्रॉपर्टी मिलती है और पुलिस पूरी तरह से पवन कुमार के पीछे लग जाती है लेकिन पवन कुमार फरार हो जाता है जब यह खबर धर्मवीर को लगती है तो उसके होश उड़ जाते हैं और तुरंत ही एक अनाथालय में फोन लगाता हूं वहां के मैनेजर से फोन पर 1428 बोलता है मैनेजर भी जवाब में 2814 बोलता है और फोन कट कर देता हूं सीएम भारत धर्मवीर का फोन टैप करवा कर उसकी सारी बात सुन लेते हैं तुरंत ही आईपीएस बृजेश कुमार को उस अनाथालय में रेड

डालते हैं मैनेजर को गिरफ्तार कर लेते हैं सीएम के पहुंचने से पहले ही मैनेजर आइसोसायनाइड की टेबलेट खा लेता एवं बिना कुछ बताए मौत के मुंह में सो जाता इधर मंत्रालय से फोन आता है सीएम महोदय को कि सारी फाइलें में मुख्यमंत्री धर्मवीर ने कई घोटाले किए हैं मुख्यमंत्री वापस मंत्रालय आते हैं और सारे मंत्री विधायकों की बैठक करने का आदेश देते हैं लेकिन कुछ ही विधायक उपस्थित होते हैं जब ऐसी दशा सीएम महोदय देखते हैं तो शिवाय को बोलते हैं कि मुझे असेंबली में सभी विधायक 1 घंटे के अंदर चाहिए शिवाय बोलता है आप चिंता ना करो 1 घंटे के अंदर सारे विधायक इसी जगह मौजूद होंगे शिवाय तुरंत ही हर विधायक के पास पहुंचता है और हर विधायक को वश में करके कहता है अभी मंत्रालय में चलना है और सारे विधायक मंत्रालय की ओर चले जाते हैं इधर मीडिया वाले सभी मिलकर न्यूज़ दिखाते हैं कि आज तो कुछ मंत्रालय में बड़ा होने वाला है लगता है कोई नया कानून पास होने वाला है इसी बीच मंत्री विशंभर नाथ का बयान आता है राज सभा में एक नया कानून पास करने बाली हैं इसलिए सभी विधायक उपस्थित हुए हैं

अध्यादेश पास होने के बाद इसे विधानसभा में लाया जाएगा एवं सत्र चालू होगा उसमें भी इससे पास करा कर लागू कर दिया जाएगा इस कानून के तहत रिश्वत लेता हुआ पकड़ा जाता है तो उसके माथे पर ए लिख दिया जाएगा कि '' मैं रिश्वतखोर हूं मुझे समाज में जीने का हक नहीं है '' क्योंकि ऐसा कानून पास होने के बाद जो कर्मचारी हैं वह अपने कार्य के प्रति ईमानदारी ब अपने दायित्वों का उपयोग सही तरीके से करेंगे वह रिश्वत के बारे में सोचेंगे भी नहीं क्योंकि जब कोई कर्मचारी रिश्वत लेता हुआ पकड़ा जाएगा तो उसके माथे पर लिख दिया जाएगा कि मैं रिश्वतखोर हूं मुझे समाज में जीने का हक नहीं है तथा उसकी राज्य शासन द्वारा उस व्यक्ति के नागरिकता समाप्त कर दी जाएगी तथा उनके बच्चों की भी सारी सुख सुविधाएं राज्य शासन द्वारा समाप्त कर दी जाएंगी इस कानून के पास होते ही जितने भी अधिकारी हैं वह रिश्वत लेने से पहले हजार 100 बार सोचेंगे विधानसभा में कानून को पास कर दिया जाता है और उसी दिन से लागू भी कर दिया जाता हैं ,

5 दिन में कई घोटाले उजागर हो जाते हैं एवं कई कर्मचारी एवं मंत्रियों को जेल भी भेजा जाता है तथा छठवें दिन फोन आता एक महिला का वह बोलती है हमारे

बच्चों का फ्यूचर पूरी तरह से नष्ट हो गया है हम सरकारी स्कूल में अपने बच्चों को पढ़ाते हैं लेकिन वहां पर ठीक तरह से पढ़ाई नहीं होती क्योंकि वहां के हर टीचर भ्रष्टाचार में लिप्त है क्योंकि यदि वह टीचर पढ़ाने योग होते तो अपने बच्चों का एडमिशन सरकारी स्कूल में करा थे लेकिन वह प्राइवेट स्कूल में करा रहे है इसका सीधा मतलब है कि वह अपने काम के प्रति पूर्ण रूप से वफादार नहीं है ऐसे शिक्षाकर्मी को हटा देना ही बेहतर है इस पर नए सीएम विचार करते हैं और जितने भी कर्मचारी रहते हैं उन सब की राय लेते है जितने भी शिक्षाकर्मी रहते हैं उन सभी से शिक्षाकर्मी से राय ली जाती है कि सरकारी स्कूल में आप पढ़ाई कराते हो तो अपने बच्चों को सरकारी स्कूल में क्यों नहीं एडमिशन कराते हो यदि पढ़ाई होती है तो हां में उत्तर दें और यदि नहीं होती है तो ना में उत्तर दें ,

और यदि हां में उत्तर दे रहे हो तो कारण बताओ किस लिए अपने बच्चों को सरकारी स्कूल में नहीं पढ़ाते हो यह खबर सुनकर सभी शिक्षाकर्मी सोच में पड़ जाते हैं कि जवाब में क्या लिखें इसके बाद सभी ए ग्रेड बी ग्रेड सी ग्रेड कर्मचारियों से शासन लिखित में लेती है कि सरकारी स्कूल में पढ़ाई होती है तो आप अपने बच्चों का एडमिशन सरकारी स्कूल में क्यों नहीं करते और यदि पढ़ाई नहीं होती है तो सभी स्कूलों में ताला लगा दिया जाए सभी कर्मचारियों का जवाब आता है यदि हम अपने बच्चों को सरकारी स्कूल में पढ़ आएंगे तो उनकी फ्यूचर पर असर पड़ेगा तथा वह एक आम नागरिक की तरह रह जाएंगे एवं जो शिक्षा पैसे देकर मिलती है वह शिक्षा नहीं मिल पाएगी और सभी कर्मचारी यह भी लिखते हैं कि हमारे पास पैसा है इसलिए प्राइवेट स्कूल में पढ़ा रहे हैं सरकारी स्कूल में तो गरीब लोगों के बच्चे पढ़ते हैं हम जैसे पैसे वालों के नहीं यह जवाब सुनकर सीएम महोदय का दिमाग खिसक जाता है वह तुरंत ही एक फैसला सुनाते हैं कि जो भी सरकारी स्कूलों में अपने बच्चों को पढ़ आएंगे उसी को पेंशन लागू की जाएगी एवं 10% सीटें सरकारी पदों पर भर्ती केवल सरकारी स्कूल में पढ़ने वालों के लिए रिजर्व रखी जाएंगी क्योंकि कर्मचारियों के पास ज्यादा पैसा हो गया है इसलिए उनके लिए सातवां वेतनमान नहीं दिया जाएगा एवं समय वेतनमान वृद्धि नहीं की जाएगी क्योंकि कर्मचारियों के पास पैसा ज्यादा है !

उसके बाद सी एम महोदय को एक सरकारी स्कूल में बच्चों द्वारा कार्यक्रम किया जाता है वहां से निमंत्रण आता है सीएम महोदय शिवाय के साथ और

अपने असिस्टेंट के साथ उस स्कूल में जाते हैं सीएम महोदय स्कूल के कार्यक्रम में शिरकत करते हैं तथा बच्चों के चुटकुले एवं कहानियों को सुनते हैं कई बच्चे स्टेज पर आकर कहानी सुनाते हैं चुटकुले तथा उन सभी के बीच में एक लड़की जिसका नाम उमा रैकवार होता है वह एक कविता सीएम साहब को सुनाती है –

'' माना रफ्तार कम है जिम्मेदारियों के सफर में, लेकिन इरादे भी कहा हार मानते हैं सीएम साहब..

क्या हूं. कहां. हूं. किस लिए हूं. इन सवालों में हम नहीं उलझते हम किस्मत को कम मेहनत को

ज्यादा मानते हैं....

रुकते कहां है कदम कितना भी भार क्यों ना हो इन कंधों पर, चलना ही जिंदगी है सो चलती ही जा रह

है

कदम लड़खड़ाए तो कोई बात नहीं हम अपना घमंड उतार कर चल देंगे, तो साथ देने वाले हमसफर कई मिल जाएंगे

इन कंधों का बोझ कम करने वाले जरा झुककर तो चलिए बोझ उठाने वाले कई मिल जाएंगे

आप प्रेम के दो शव्द बोलिए तो सही सलाम करने वाले कई मिल जाएंगे......

हम मंजिल के पाने की खुशी अपनों की मुस्कान पर कुर्बान कर देते हैं , लड़ते हैं हर मुश्किल से हर गम से भी मुस्कुराना जानते हैं,

भीड़ नहीं है मेरे पास जितने भी रिश्ते हैं उन्हें दिल से मानते हैं -दिमाग से नहीं

यूं तो परख से परे हैं हम ,मेरी शख्सियत समझते तो सभी हैं जानते कहां है मुझे पर मेरी मासूमियत पर फिदा है सभी

माना मैं ज्यादा सोचती हूं ज्यादा बोलती हूं पर अपने दम पर कोशिश करती हूं
गिर कर उठना और ठोकर खाकर सीखना यह मेरी शख्सियत है

जो दम भरते हैं दिखावें के, अपनेपन का उनका साथ नहीं लेती..

अच्छा हो या बुरा हो हर हाल में खुश रहना जानती हूं यही मेरी पहचान और
शख्सियत है

क्या पता लोगों को मेरी अहमियत क्या है ?

यह सब जानती हूं , मैं हूं पापा की परी लोगों के लिए तो एक खिलौना हूं...........

यह कविता सुनकर सभी लोग ताली बजाते हैं और सीएम सर भी सीएम महोदय
उस बच्ची के पास आते हैं और उसके सर पर हाथ रखते हैं और एक संदेश देते हैं
सीएम सर बोलते हैं देखा टैलेंट उन बच्चों के अंदर होता है जिनको यह जमाना
मौका ही नहीं देता

इसके बाद वह बच्ची बोलती है –

मौत कितनी नजदीक आ जाती है और पागल इंसान समझ नहीं पाता दूसरों की
बातों में यूं ही आ जाता है

सीएम बोलते हैं वाह क्या लाइन बोली इसके बाद नन्ही मासूम बच्ची बोलती है-

अपनी फिक्र छोड़िए जनाब और उनका तो ख्याल रखो जो जीना चाहते आपको
नहीं जीना तो क्या हुआ औरों को तो जीना है ,

उनको बचा लो हम में और आप में क्या है एक दिन तो मर जाना है

यह सुनते ही शिवाय आंख बंद करता है और देखता है स्टेज की नीचे बहुत सारे
बम लगे हुए हैं जो 1 मिनट के अंदर फटने वाले हैं शिवाय तुरंत ही सीएम को
बताता है कि यहां सब मरने वाले हैं यहां स्टेज के नीचे बम लगा है यह सुनकर
सीएम बोलता है शिवाय कुछ करो वरना हमारे साथ साथ मासूम बच्चे भी मारे

जाएंगे शिवाय बोलता है चिंता मत करो सारे बमों को निकालकर धर्मवीर के गोदाम पर रख देता हूं क्योंकि जो लोग लगाने आए थे वह उसी गोदाम में रुके हुए हैं सीएम भारत बोलता है ठीक है जैसा तुम्हें लगे वह करो लेकिन सभी सुरक्षित होना चाहिए भारत शिवाय से बोलता है अब देख क्या रहे हो 10,15 सेकंड तो बचे होंगे शिवाय तुरंत ही उड़ता हुआ जाता है और सारे बम को निकाल कर उसी गोदाम पर रख देता है जहां पर धर्मवीर के आदमी बम लगाकर छुपे हुए थे और बाहर निकलता है, निकलते ही सभी बम फट जाते हैं और सभी आदमी मर जाती है यह खबर जब पूर्व सीएम धर्मवीर को पता चलती है तो चौंक जाता है वह बोलता है इसी समय पर तो सारे बम उस सरकारी स्कूल में फटने थे लेकिन वही बम हमारे गोदाम में कैसे आए यह जानने के लिए एक तांत्रिक को बुलाता है वह तांत्रिक अपनी विद्या से देखकर बताता है कि उसके साथ एक बच्चा है जो बड़ा ही शक्तिशाली है और उसका मुकाबला एक इंसान नहीं कर सकता क्योंकि वह बच्चा कोई आम बच्चा नहीं है वह तो जिन का बच्चा है सीएम धर्मवीर को सचेत करता है अपना सारा बोरिया बिस्तर समेट कर किसी गुफा में चले जाओ वरना वह बालक तुम्हें मौत के मुंह में ले जाएगा क्योंकि उस बालक का जिस दिन मूड खराब हो गया वह तुम्हे कच्चा ही खा जाएगा !

इधर सीएम साहब अपने ऑफिस में पहुंचते हैं वहां पर सभी लोग अपनी -अपनी रिपोर्ट लेकर आते हैं कि हमारे विभाग में इतने पद खाली हैं बात करी जाए टोटल पदों की तो 10 लाख से ऊपर पद रिक्त रहते हैं सीएम महोदय नोटिफिकेशन निकलबाते हैं 15 दिन के अंदर दस लाख पदों पर सीधी भर्ती की जाए सभी अधिकारी यह सुनकर चौंक जाते हैं कि 15 दिन के अंदर इतने पदों की भर्ती कैसे हो सकती है सीएम महोदय बोलते हैं मुझे कुछ पता नहीं आप रात-दिन एक करके यह भर्ती पूर्ण कीजिए वरना आप सभी अधिकारियों को सस्पेंड कर दिया जाएगा यह सुनकर सभी अधिकारी हां बोलते हैं और नोटिफिकेशन निकालते हैं कि सीधी भर्ती 10 दिनों के लिए निकली है जो भी उम्मीदवार इसमें भाग लेना चाहता है वह अपने दस्तावेज लेकर जिला कार्यालय में सीधी भर्ती केंद्र में आ सकता है जिसमें पुलिस विभाग का कैंप हर जिले में लगता है एवं हर विभाग का कैंप भी सीधी भर्ती लगता है जिसमें लाखों उम्मीदवार आते हैं और जो उम्मीदवार नियम व शर्तों पर खरा उतरता है उसको तुरंत ही ज्वाइन कर लिया जाता है इस भर्ती में विशेष रूप से किसी भी तरह का घोटाला नहीं होता है

क्योंकि यह भर्ती डायरेक्ट भर्ती होती है जिसमें उम्मीदवार को नियम व शर्तें पूर्ण करना अनिवार्य होता है और 10 दिन के अंदर है 10 लाख लोगों की भर्ती हो जाती है एवं शासन नया आदेश भी निकलती है की हर विभाग में हर 6 महीने में भर्ती होगी चाहे एक पद पर क्यों ना हो ?

सीएम महोदय का यह एक्शन प्लान देखकर राज्य की जनता मैं खुशी की लहर दौड़ जाती है क्योंकि लाखों लोगों को रोजगार मिल जाता है यह देखकर राजनीतिक पार्टी नए सीएम के साथ हाथ मिलाने के लिए तैयार रहती हैं लेकिन शासन का खजाना खाली हो जाता है तो उसे भरने के लिए सीएम महोदय नया नियम निकालते हैं की दो पहिया वाहन के लिए हेलमेट पहनना अनिवार्य होगा यदि दो पहिया वाहन चलाता हुआ कोई भी मिल जाता है जो हेलमेट नहीं पहनता है उस पर तत्काल 500 का जुर्माना लगाया जाए इससे जान माल का नुकसान भी नहीं होगा और शासन की आय भी बढ़ जाएगी तथा जो वाहन ओवरलोडिंग होकर जाते हैं उन पर भी हर चेकपोस्ट पर जुर्माना लगाया जाए और यदि उन ओवरलोड वाहन पर जिस चेक पोस्ट से गुजरेगा वह चेक पोस्ट के अधिकारी बिना जुर्माना लगाए यदि वह वाहन को जाने देते हैं तो उस चेक पोस्ट के समस्त अधिकारियों को सस्पेंड कर दिया जाएगा एवं जो जुर्माना उस वाहन का बनता है वह उन सभी अधिकारियों से 500 गुना ज्यादा लिया जाएगा इसके बाद देसी दारू एवं इंग्लिश वाइन पर 20% टैक्स बढ़ा दिया जाता है जिससे राज्य की आमदनी मैं काफी इजाफा होता है इसके बाद शाम के समय शिवाय और अपनी पर्सनल सेक्रेटरी एवं गार्ड्स के साथ एक प्राइवेट पार्टी में जाते हैं उस पार्टी में पहुंचते ही शिवाय बोलता है सीएम महोदय से मुझे दारू पीना है आप यदि परमिशन दें तो मैं पी जाऊं तब सी एम महोदय बोलते हैं पी लो मगर ज्यादा मत पीना यदि तुमने कोई नाटक किया तो तुम्हें बहुत मारूंगा शिवाय बोलता आप चिंता मत करो मुझे दारू बिल्कुल भी ओवर नहीं होगी फिर वह दारू के काउंटर पर जाता है और काउंटर वाले से बोलता है मुझे दारु दो लेकिन काउंटर वाले बच्चा समझकर उसे दारू देने से मना कर देते हैं तब वह कांच के गिलास उठा कर फोड़ देता है जिससे सभी का ध्यान शिवाय पर चला जाता तब सी एम महोदय आते हैं बोलो आपने गिलास क्यों तोड़ दिया तब शिवाय बोलता है इन्होंने मुझे दारु देने से मना कर दिया मुझे दारू चाहिए तब सी एम महोदय बोलते हैं इनको दारू दे दो तब शिवाय बोलता है ठीक है इसके बाद काउंटर पर

एक के बाद एक दारू के गिलास भर कर दिए जाते हैं वह गटागट पी जाता है लेकिन शिवाय को कुछ भी नहीं होता यह देख कर सभी लोग इकट्ठे हो जाते हैं और कहते हैं इतनी दारु आज तक कोई भी नहीं पी पाया इसके बाद शिवाय बोलता है जो भी मुझे भरपेट दारू पिलाएगा उसे मेरी तरफ से यह सोने की चैन दी जाएगी काउंटर वाले बोलते हैं ठीक है शिवाय को बोतल की बोतल देते हैं वह गटागट कर जाता है इसके बाद सीएम महोदय बोलते हैं अब घर चलें आपने बहुत ज्यादा पी ली है शिवाय बोलता है नहीं अभी मुझे खाना भी खाना है सीएम बोलते हैं कुछ गड़बड़ मत कर देना शिवाय को खाना दिया जाता है वह खटाखट खा जाता है और बोलता है जितना खाना है सब लेकर आओ मुझे बहुत जोर की भूख लगी है धीरे-धीरे करके शिवाय सारा खाना खा जाता है यह देख कर सभी लोग आश्चर्यचकित हो जाते हैं और आपस में बात करते हैं यह कौन सा दानव है जो हम सभी के हिस्से का खाना खा गया शिवाय फिर बोल रहा है मुझे भूख लगी है और खाना लेकर आओ तब वहां का मैनेजर हाथ जोड़कर आता है बोलता है प्रभु होटल का सारा खाना आपने खा लिया है अब कुछ नहीं बचा है कृपया करके आप बताएं कौन है तब शिवाय बोलता है अच्छा ठीक है मुझे फिर दारु पीना है मैनेजर बोलता इस होटल में जितनी भी दारू थी आप पी चुके हैं इसके बाद इसके बाद शिवाय बोलता है अभी तो हमने शुरू भी नहीं की बिल्कुल भी नहीं पी आप तो हमें चेक कर सकते हैं आप तो हमारा मुंह सुग लीजिए बिल्कुल भी बदबू नहीं आएगी मैनेजर बोलता है ठीक है गुरुदेव मैनेजर तब शिवाय का मुंह सुगता है तो बिल्कुल भी दारू की बदबू नहीं आती है यह देख कर मैनेजर बेहोश हो जाता है इसके बाद शिवाय एक शायरी महफिल में सुनाता हूं बोलता हैं, दोस्त- दोस्त वो नहीं है जो दोस्ती का दिखावा करें दोस्त वो है जब भी मिले तो महीनों की कसर पल भर में पूरी कर ले इतने में भारत आता है और बोलता है शिवाय जल्दी चलो जैसी शिवाय देखता है तुरंत ही हां भर देता लेकिन कुछ ही देर बाद शिवाय को महसूस होने लगता है कि यह मेरे आका नहीं है और कोई है ठीक है चलो देखते हैं यह कौन है भारत के पीछे पीछे शिवाय जाता है और वह एक जीप में बैठ जाते हैं जीप को चालू कर जंगल में जाते है जंगल में जैसे ही पहुंचते हैं वह जीप एक जाल में बदल जाती है और शिवाय उस जाल में फंस जाता है शिवाय सोचता है इस जाल को तोड़ दूं तो मुझे पता नहीं चल पाएगा कि आखिर कौन है शिवाय नाटक करने लगता है तभी एक पेड़ में से एक तांत्रिक निकलता है जिसकी लंबी- लंबी

जटा होती हैं और वह कहता आज मैंने वह कार्य सिद्ध कर लिया जिसे मैं बरसों से इंतजार कर रहा था शिवाय जोर से हंसता है और कहता है अरे मूर्ख कौन है तू और मुझे क्यों इस जाल में फंसाया तब वह तांत्रिक जटाशंकर बोलता है मैं एक अघोरी तांत्रिक हूं और तुझे मैंने अपने कार्य को सिद्ध कराने के लिए इस जाल में बांदा है यदि तूने मेरा कार्य सिद्ध नहीं किया तो तुझे मैं अभी परलोक भेज दूंगा इतनी बात सुनकर शिवाय जोर से हंसने लगता है और कहता है मैं कोई मूर्ख नहीं हूं जो तेरे इस साधारण से जाल में फस जाऊं तभी वह तांत्रिक अघोरी बोलता है, कोई मामूली जाल नहीं है इससे तुम्हारे जैसे कई जनों को मैंने इस जाल में फंसा कर अपना कार्य सिद्ध करवाया शिवाय बोलता है ठीक है तुम्हारा भ्रम अभी तोड़ देता हूं तब शिवाय उस जाल को तोड़ने की कोशिश करता है लेकिन तोड़ नहीं पाता फिर शिवाय को बहुत भयंकर गुस्सा आती है और अपने विशाल रूप में आ जाता अपने विशाल रूप में आते ही तांत्रिक बोलता है अरे यह तो खेत्रपाल है इसको तो मैं क्या संसार का कोई भी प्राणी अपने बस में नहीं कर सकता तभी वह जाल को क्षेत्रपाल खाने लगता है लेकिन वह जाल में और फंसता चला जाता है यह देख कर शिवाय को काफी गुस्सा आता है लेकिन वह जाल को तोड़ने में नाकाम रहता तब वह अघोरी कहता अब तुम तभी आजाद होंगे हम जब तुम हमारा काम करोगे शिवाय हार कर वह निराश होकर बोलता है कहो क्या काम करना तभी वह अघोरी बोलता है मैं करीब लाखों बरसों से यहां पर तपस्या कर रहा हूं मुझे इस संसार में पांच ऐसी कन्या चाहिए जो इस लोक की हो परंतु उनके पिता देवता हो यह मुझे बता दो कि इस संसार में वह कन्याएं कहां पर हैं शिवाय बोलता है कि उन पांच कन्याओं की बलि देने से तुम्हें क्या लाभ होगा वह अघोरी तांत्रिक बोलता है यदि मैंने उन पांच कन्याओं की बलि चढ़ा दी तो मैं इस संसार का सबसे शक्तिशाली अघोरी और करोड़ों वर्ष फिर से मैं जवान हो जाऊंगा और मुझे मुक्ति मिल जाएगी इस संसार से और मैं सारी सुख सुविधाएं का उपयोग करूंगा जो मनुष्य करते हैं तब शिवाय बोलता है इतने शक्तिशाली होकर तुम तो उन कन्याओं को जरा में ढूंढ सकते हो तब अघोरी बोलता है मैं ढूंढ सकता हु लेकिन मैं इस जंगल से बाहर निकलूंगा तो मैं जलकर राख हो जाऊंगा क्योंकि इस जंगल से निकलने के लिए मुझे कम से कम 50 नरबलि की आवश्यकता पड़ेगी और इतनी में एक साथ एक ही समय में बलि नहीं दे सकता तक शिवाय बोलता है यदि एक साथ 50 नरबलि नहीं दे सकते तो

फिर इतनी शक्तिशाली होने का क्या फायदा अघोरी बोलता है मुझे एक और श्रॉफ लगा है यदि मैं किसी बेगुनाह मनुष्य को बलि देने के लिए लाऊंगा तो इस पेड़ में करोड़ों वर्षों के लिए कैद हो जाऊंगा और मुझे प्रतिदिन मेरा मांस पक्षी खाएंगे जिससे मुझे बहुत पीड़ा होगी इसलिए मैं किसी भी प्राणी की बलि नहीं दे सकता हां यदि तुम मुझे 5 कन्या ला दो तो इस संसार से मुझे मुक्ति भी मिल जाएगी और मैं फिर से जवान हो जाऊंगा और इस देश की सारी औरतों के साथ में अईयाशी करूंगा शिवाय बोलता अगर तुम अघोरी हो मैं तुम्हारा काम नहीं करूंगा चाहे जो तुम कर लो तब अघोरी मंत्र पड़ता है और वह जाल धीरे-धीरे करके सुकड़ने लगता है जिससे शिवाय को बहुत ही पीड़ा होने लगती है सुकड़ते सुकडते इतना छोटा जाल हो जाता है कि शिवाय दर्द के मारे चीखने लगता तब अघोरी हंसता हुआ कहता है अभी भी समय है मेरी बात मान लो शिवाय बोलता है यदि मैं कितना ही कष्ट में हूं लेकिन मैं तुम्हारा कहना नहीं करूंगा तब अघोरी मंत्र पड़ता है और कुछ जंगल के कांटे दार वृक्ष शिवाय से टकराते हैं जिससे शिवाय के जिस्म में खून की धारा निकलने लगती है और वह दर्द के मारे झटपटाने लगता है अघोरी बोलता है अब कौन मुझसे बचाएगा तुझे, तुझे तो मेरा काम करना ही पड़ेगा तभी चलता हुआ आग का गोला शिवाय की तरफ आता है यह आग के गोले को देखकर तांत्रिक अघोरी घबरा जाता है और मन में सोचता है यदि यह आग का गोला मेरे जाल से टकरा गया तो यह जिन आजाद हो जाएगा तभी अघोरी अपनी तांत्रिक शक्ति से पानी की वर्षा करता है जिससे आग का गोला धीमे धीमे हो जाता है लेकिन देखते ही देखते वह आग का गोला इतना विशाल हो जाता है कि सारे जंगल को आग में तब्दील कर देता है और सारे जंगल में आग लगने लगती है और आग लगते लगते हैं उस पेड़ में भी आग लग जाती है जिसमें अघोरी निवास करता था जैसे ही अघोरी अपने घर की तरफ देखता है तो वह पेड़ जलने लगता है इधर आग का गोला उस जाल को जलाकर राख कर देता जिससे शिवाय आजाद हो जाता है फिर वह उस तांत्रिक को पकड़ कर इतना मारता है और उसे एक बोतल में कैद कर लेता है और वह तीव्र गति से जमीन के अंदर इतना गहरा खड्डा खोद देता है और उस बोतल को उस गड्ढे में डाल देता है और शिवाय बोलता है अब तुम इस गड्ढे में और हजारों साल इसी में गुजारोगे तांत्रिक विनती करता है कि मुझे छोड़ दो शिवाय उस गड्ढे को पत्थर और माटी से भर देता और बोलता है भला हो उस आग के गोले का जिसने मुझे

इस तांत्रिक से मुक्त कराया और वह जैसी ही जाने वाला होता है एक लड़की की आवाज आती है कि तुम मुझे छोड़ कर कहां जा रहे हो यह सुनकर शिवाय चौंक जाता है और चारों तरफ देखता है लेकिन कोई दिखाई नहीं देता तो सोचने लगता है शायद यह मेरा भ्रम है जैसी जाने वाला होता है फिर से शिवाय को वह लड़की आवाज लगाती है फिर शिवाय कहता है कौन हो तुम तब एक प्यारी सी बच्ची सामने आती है और बोलती है पगला तेरी बहन हूं मैं तब शिवाय जोर से हंसता है और कहता है अरे दीदी आप यहां कैसे तब वह लड़की बोलती है मुझे तेरी याद आई तो मैं तुझसे मिलने के लिए आ गई तू बता बहुत दिन से घर क्यों नहीं आया तब शिवाय बोलता है मुझे किसी की सात पीढ़ी तक गुलामी करना है वह उसकी बहन बोलती है तुम इतने शक्तिशाली हो कर गुलाम कैसे बन गए तब शिवाय बोलता है नहीं पगली वह सिर्फ पिछले जन्म का ऋण अदा जो करना है क्योंकि उसने पिछले जन्म में मेरी रक्षा जो करी थी उसकी बहन बोलती हैं चलो ठीक है मुझे भी कुछ दिन तुम्हारे साथ रहना है शिवाय हंसकर कहता है चलो एक से भले दो और वह दोनों भारत के पास आते हैं लेकिन उस पार्टी में भारत नहीं दिखता है उसके सारे गार्ड बेहोश मिलते हैं तब शिवाय को बहुत जोर से गुस्सा आता है और बोलता है आखिर कौन है जो मेरे आका को ले गया तब वह आंख बंद करके देखता है कि कुछ गुंडे भारत को उठाकर तलगरा में मारने वाले हैं शिवाय तुरंत ही उस तलगारा में पहुंच जाता है उसके पीछे उसकी बहन भी पहुंचती है वह दोनों मिलकर फिर गुंडों को जिंदा खा जाते हैं यह देखकर भारत डर जाता है और बोलता है शिवाय यह तुम्हारे साथ कौन है शिवाय बोलता है यह मेरी दीदी है भारत बोलता है क्या नाम है शिवाय बोलता है नाम का तो मुझे भी पता नहीं इतना पता है बस कि यह मेरी दीदी है भारत बोलता है ठीक है आज से इसका नाम राधे है अपना नाम सुनकर वह लड़की उछलने लगती है और तीनों उसी होटल में आते हैं जब तक सारे गार्ड को होश आ जाता है और उन सभी के साथ वापस अपने बंगले में आते हैं,

इधर धर्मवीर कुछ अफगानिस्तान से और कुछ पाकिस्तान से गधे बुलाता है उन गधों के अंदर जादुई शक्ति छुपी रहती है वह गधे जिसे चाहे उसे पागल कर देते हैं लेकिन धर्मवीर उन गधों से कहता है यदि तुमने सीएम भारत को पागल कर दिया तो मैं तुम्हें तांत्रिक विद्या के द्वारा मैं मनुष्य बना दूंगा और तुम इस संसार पर राज कर सकोगे तब वह गधे बोलते हैं वह सी एम कहां मिलेगा

धर्मवीर बोलता है उस सी ऍम की चिंता मत करो उसको कल 11:00 बजे उससे एक फंक्शन में जाना है जहां पर अनाथालय का उद्घाटन करेगा वहीं पर उस सीएम का तुम क्रिया करके उसे पागल कर देना उसके पागल होते हम उसे मार देंगे यदि वह जिंदा रहा तो हमारे लिए कई मुसीबत खड़ा कर देगा जिससे आने वाले इलेक्शन में हम हर सकते हैं और हो भी सकता है कि जो घोटाले किए हैं उसकी छानबीन करके हमें जेल भी भेज सकता है और हमारी सारी इज्जत को माटी में मिला देगा इसलिए उसे मारना बहुत जरूरी है सुबह होते ही सीएम जैसे ही तैयार होकर वल्लभ भवन के लिए जाता है उसी समय राधे बोलती है आज आप कहीं ना जाए क्योंकि कुछ गधे आ गए हैं जो तुम्हारे दिमाग में घुसकर तुम्हें पागल कर देंगे तब सीएम बोलता है मुझे किसी बात की चिंता नहीं है क्योंकि मेरी रक्षा स्वयं शिवाय कर रहा है तब शिवाय बोलता है बे गधे कोई मामूली गधे नहीं है उन गधों के असर से तुम्हारे साथ साथ जितने भी लोग उन गधों की आवाज सुनेगा वह भी पागल हो जाएगा क्या आप यह चाहते हैं कि आपके साथ-साथ सभी लोग भी पागल हो जाएं तब सीएम बोलता है ठीक है इतना बताओ यह काम किसका है तब शिवाय बोलता है काम धर्मवीर का जब तक उसे मौत के घाट उतार ना दिया जाए तब तक वह कोई ना कोई षड्यंत्र करता रहेगा एवं वह अपने गुरु की तांत्रिक शक्ति का फायदा उठाता है यदि उसके गुरु को मार दिया जाए तो वह कुछ नहीं कर पाएगा सीएम बोलता है ठीक है उसका क्रिया कर्म कितनी देर में कर दोगे तब शिवाय बोलता है 10 मिनट में उनका हम क्रिया कर्म करके आते हैं,

शिवाय और राधे दोनों ही उन गधों के पास पहुंचते हैं गधे यह देख कर नाचु नाचु करने लगते हैं जिससे उनके मस्तक में बहुत तेज दर्द होने लगता है तभी राधे आग का गोला बन जाती है और बहुत तेज गति से एक गधे को जलाकर राख कर देती है यह देख कर बाकी के चार गधे वह पानी का रूप धारण कर लेते हैं और वह आग के गोले की तरफ़ बढ़ने लगते हैं शिवाय देखकर सोचता है यदि यह पानी दीदी पर गिरता है तो वह हमेशा के लिए मर जाएगी तो शिवाय एक दीवार बनकर खड़ा हो जाता है और सारे पानी को अपने अंदर समा लेता है वह गधे सोचते हैं अब इसे मारना और भी आसान होगा वह गधे धीरे-धीरे करके बड़े होते चले जाते हैं तब राधे आग का गोला बनकर शिवाय से लिपट जाती है जिससे शिवाय के अंदर आग का दरिया धधकने लगता है जिससे सारा पानी सूख जाता

है और गधे जलकर मर जाते हैं फिर वापस सी एम महोदय के पास आ जाते हैं दोनों फिर तीनों मिलकर अनाथालय में जाने के लिए तैयार होते हैं तो रास्ते में धर्मवीर के भेजे हुए गुंडे रास्ता रोक लेते हैं तब गार्ड उन सारे गुंडों का दी एंड कर देते हैं अनाथालय जैसी पहुंचते हैं धर्मवीर का चेहरा लाल पड़ जाता और धर्मवीर को डायरेकट सीएम महोदय चेतावनी देते हैं अब तेरे खिलाफ करोड़ों रुपए का घोटाला करने का सबूत मिल गया तुझे कल जेल भेजने से कोई भी नहीं रोक सकता तब धर्मवीर बोलता है यह सपना अच्छे-अच्छे देख चुके हैं लेकिन आज तक मुझे कोई जेल नहीं भेज पाया सीएम बोलता है ठीक है देखते हैं इसके बाद धर्मवीर एक गुप्त मीटिंग बुलाते हैं जिसमें तमाम गुंडे विधायक पार्षद सांसद सभी शामिल होते हैं सभी को धर्मवीर बोलता है जो भी इस सीएम को मौत के घाट उतार देगा उससे अगला सीएम मैं बनाऊंगा यह सुनकर सभी खुश हो जाते हैं बोलते हैं कि अब सीएम का खात्मा हम सभी मिलकर करेंगे,

सभी मिलकर प्लान बनाते हैं कि आज रात एक पार्टी करते हैं जिसमें सीएम को भी बुलाते हैं इसके बाद उसकी पर्सनल सेक्रेटरी के घर पर धर्मवीर के आदमी शिखंडी और कुलेंडी भेजते हैं और उसकी छोटी बहन को किडनैप कर लेते हैं यह देख कर पर्सनल सेक्रेटरी डर जाती है और वह बोलती है आपको मुझसे क्या काम करवाना है तब शिखंडी बोलता है हम तो तुमसे मुजरा कर आएंगे चलो मुजरा कर करके बताओ पर्सनल सेक्रेटरी बोलती है जी क्या बोला आपने कुलेंडी बोलता है कम सुनाता है क्या कल्लो डार्लिंग अभी मुजरा कर पर्सनल सेक्रेटरी मुजरा करने लगती है बीच में शिखंडी बोलता है रुक जाना अब तुझे जो काम करना है वह ध्यान से सुन तुझे अपनी सीएम को किसी तरह से उससे आज रात की पार्टी में लाना है यदि तुम सीएम को पार्टी में नहीं ला पाते हो तो याद रखना तुम्हारी इस प्यारी सी बहन का हम पोस्टमार्टम धीरे-धीरे करेंगे पहले उससे मुजरा कर आएंगे इसके बाद उसकी आंख फोड़ेंगे उसके बाद उसको हम कढ़ाई में डालकर फ्राई कर देंगे और उसके बाद हम उसे छोड़कर आकाशवाणी से मैसेज करेंगे कि ले जाओ मुर्गी तैयार है खाने के लिए फिर दोनों हंसने लगते हैं इधर पर्सनल सेक्रेटरी बहुत ही डर जाती है और वह कहती है मैं सीएम को लेकर आऊंगी आप कुछ मत करना इतना कहकर वह सी एम महोदय के पास निकल जाती है !

पर्सनल सेक्रेटरी सीएम साहब के पास जाकर बोलती है आपको मेरे साथ एक पार्टी में चलना है वह भी मेरे हस्बैंड बनकर सीएम महोदय बोलते हैं कहीं तुम पागल तो नहीं हो गई हो क्या बोल रही हो तब पर्सनल सेक्रेटरी बोलती है आपको मेरा एक काम करना बहुत जरूरी है सीएम महोदय उसकी समस्या को जान लेते हैं और बोलते हैं तुमको क्या परेशानी है क्लियर बताओ पर्सनल सेक्रेटरी रोती हुई बोलती है कि मेरी छोटी बहन को कुछ गुंडों ने किडनैप कर लिया और वह आपको आज रात की पार्टी में बुलाकर मारने वाले हैं सीएम महोदय हंसकर बोलते हैं चल ठीक है आज उस पार्टी में जरूर आएंगे इतना सुनकर पर्सनल सेक्रेटरी अपने आंसू को पोंछ लेती है और वह अपने केबिन में चली जाती है इधर शिवाय और राधे को सीएम महोदय ए बात बताते हैं और बोलते हैं तुम दोनों उस बच्ची को बचाओ तब राधे बोलती है ठीक है मैं उस बच्ची को बचा लूंगी शिवाय बोलता मैं आपके साथ रहूंगा क्योंकि अब मुझे लगता है की धर्मवीर का कार्य पूर्ण हो चुका है उस पर अब अंकुश लगाना अनिवार्य है जैसे ही राधे उस बच्ची को बचाने पहुंचती है तो देखती है शिखंडी कुलेंडी उस बच्ची के साथ खेल रहे होते हैं और वह बच्ची उन दोनों के साथ खूब मस्ती कर रही यह देख कर सोच में पड़ जाती है इन दोनों को मारना ठीक रहेगा या नहीं तब राधे एक पुलिस वाले का रूप धारण करती है और उन दोनों से बोलती है बच्ची को छोड़ दो वह दोनों बच्ची को पकड़ लेते हैं और चाकू उसके कान पर आड़ा देते है और कहते हैं यदि तुम यहां से नई गए तो बच्चे का कान काट लेंगे इतने में शिखंडी बोलता है हमने 500 लोगों से ज्यादा जिंदा काटा है और इससे भी काट देंगे भाग जाओ इतना सुनते ही तेज गति से वह उन दोनों को पकड़कर छत पर ले जाती है और छत से फेंक देती है नीचे गिरते ही उन दोनों की मौत हो जाती है इधर शिवाय के साथ उस पार्टी में सीएम महोदय जाते हैं !

जैसे ही होटल के अंदर जाते हैं तो रास्ते में चलते ही पूर्व सीएम धर्मवीर की मुलाकात रास्ते में हो जाती है धर्मवीर को देखकर शिवाय और भारत हंसता है तो धर्मवीर मन ही मन में सोचने लगता है शायद इस को पता चल गया है इसके बाद धर्मवीर शिखंडी को फोन लगाता है लेकिन फोन स्विच ऑफ आता है और धर्मवीर भी समझ जाता है कि शिखंडी कुलेंडी अब मारे गए हैं पार्टी में जैसे ही नया सीएम भारत पहुंचता है सभी लोग स्वागत में तालियां बजाते हैं यह देख कर नया सीएम सभी का शुक्रिया अदा करता है और सभी से मुलाकात करता है

इधर शिवाय मच्छर का रूप धारण करके धर्मवीर के बालों के अंदर घुस जाता है जैसी ही धर्मवीर अपने सीक्रेट रूम में पहुंचता है और सभी पार्टी के लीडर वहां पर मौजूद रहते हैं यह देख कर शिवाय हैरान रह जाता है और मन में सोचता है साले हरामि कुत्ते देखो कैसे एक साथ बैठे हैं और भाषण ऐसे देंगे जैसे कि वर्षों पुरानी दुश्मन हो फिर बात समझ जाता है कि यह राजनीति है जितने बड़े राजनेता हैं सब आपस में अंगूर के गुच्छे की तरह मिले हुए रहते हैं वह एक दूसरे का फायदा कराने में ही लगे रहते हैं देश जाए भाड़ में बस अपना फायदा होना चाहिए उसके लिए यह बैठकर आपस में नई नई स्कीम निकालते हैं और पैसा डकारने का प्लान बनाते हैं जो भी स्कीम पास होती है उसका कमीशन प्रत्येक नेता को मिलता है और कुछ नेताओं को तो इतना कमीशन मिलता है जितना उनके आने वाली सात पीढ़ी भी खर्च नहीं कर पाए यह देख कर शिवाय मन में सोचता है साले ऐसे भ्रष्ट नेताओं को यदि बॉर्डर पर खड़ा कर दिया जाए तो देश भी बेच कर खा जाएंगे ऐसे भ्रष्ट नेताओं ने तो पूरे देश की ऐसी की तैसी कर के रखी है इन नेताओं को तो हर सुख सुविधा मिलती है लेकिन गरीब व्यक्ति को कुछ भी नहीं मिलता जैसे आज के समय में देख लिया जाए तो प्रत्येक कर्मचारी अपना पूरा जीवन में नौकरी करने में गुजार देता है उसे पेंशन नहीं दी जाती है लेकिन जो नेता 5 साल बन जाए उसे पेंशन दी जाती है एवं वर्तमान समय में देखा जाए तो साल भर इंटरनेट कॉलिंग सब 3000 के आसपास रहती हैं लेकिन नेताओं को टेलीफोन का भत्ता 10,000 से ऊपर मिलता है पर मंथ ऐसा क्यों वही नेता भाषण देते हैं कि प्लास्टिक बंद होना चाहिए और रात को वह प्लास्टिक की बोतल में पानी पीते हैं सब दिखावा और ढोंग करते है और यदि इन नेताओं के खिलाफ आम आदमी खड़ा होता है तो वह नेता उस आदमी के पीछे ऐसे पड़ जाते हैं जैसे कि उसकी सारी भैंसों को बेचे दिया हो उस बेचारे को रोटी खाने के लिए जेल भेज दिया जाता है और किसी ना किसी कानून में फंसा कर हमेशा के लिए रास्ते से हटा दिया जाता है ऐसी है इस देश की राजनीति प्लास्टिक की बोतल में पानी पीते हैं सब दिखावा और ढोंग करती है और यदि इन नेताओं के खिलाफ आम आदमी खड़ा होता है तो वह नेता उस आदमी के पीछे ऐसे पड़ जाते हैं जैसे कि उसकी सारी भैंसों को बेचे दिया हो उस बेचारे को रोटी खाने के लिए जेल भेज दिया जाता है और किसी ना किसी कानून में फंसा कर हमेशा के लिए रास्ते से हटा दिया जाता है ऐसी है इस देश की राजनीति ,यह सोचते-सोचते शिवाय खो

जाता है तभी धर्मवीर जोर से हंसता है तो शिवाय सचेत होकर सभी को देखने लगता है वह सभी किसी के आने का इंतजार करते हैं और जैसे ही 5 लोग अंदर आते हैं बंदूक लेकर वह सभी खड़े हो जाते हैं शिवाय मन में सोचता है आखिर कौन है तब एक ऐसे व्यक्ति की सीक्रेट रूम में एंट्री होती है जिसे कल्पना करना तो दूर की बात है उस व्यक्ति के बारे में ख्याल तक नहीं आता है वह और कोई नहीं एक साधु महात्मा होता है जिसे सारे राज्य के लोग भगवान के बाद उसी को मानते हैं यह देख कर शिवाय अचंभित हो जाता है और सोचता है इन बाबाओं ने इस देश की ऐसी की तैसी कर के रखी है और वह बाबा और कोई नहीं माली बाबा होते हैं जो दूसरों को ज्ञान मारते हैं की धन-दौलत ऐसो आराम यह सब मोह माया है इस मोह माया में जो भी फसता है वह अपने विनाश की ओर बढ़ता चला जाता है उसकी प्रवचन पूरी दुनिया बड़े ध्यान से सुनती है लेकिन शिवाय जब यह देखता है तो मन में सोचता है चलो कोई तो है इन भ्रष्ट नेताओं का बाप इसके बाद बाबा कुर्सी पर बैठता है और सब से बैठने को कहता है तब धर्मवीर बोलता है यह नया सीएम हमारे लिए बहुत ही खतरनाक साबित होने वाला है तो बाबा माली बोलता है अभी तक क्या कुछ नहीं कर पाए क्या झंडू मार रहे थे तब धर्मवीर बोलता है नहीं बाबा हमने उसे मारने के लिए कई लोगों को भेजा लेकिन उसके पास एक बच्चा है जो उसकी रक्षा करता है और मेरे गुरु जी कहते हैं और कोई नहीं एक जिन है माली बाबा यह बात सुनकर जोर से हंसते हैं और बोलते हैं यह देखो किन्नरों की सवा क्या बोल रही है तब सीएम धर्मवीर बोलता है बाबा आप भी तो कुत्ते के कुत्ते हो कुछ भी बोल देते हो माली बाबा हंसते हैं और बोलते है चलो ठीक है मैं तो मजाक कर रहा था अब काम की बात हो जाए उस बच्चे की सारी डिटेल हमारे लिए चाहिए और सुनो हमारी एक संस्था है उस संस्था में उस बच्चे को लेकर आओ सब्जी बनाकर खा जाएंगे मेरे कुत्ते शिवाय सोचता है यदि मेरे आका ने तुम्हें मारने की आज्ञा दी होती तो तुम सबका भोजन खुद करता लेकिन तुम जैसे भ्रष्ट राजनेताओं की हकीकत इस दुनिया के सामने आना जरूरी है और इन बाबाओं का पाखंड भी मिटना जरूरी है इसलिए कुछ समय का इंतजार करो तुम सब का तो क्रिया कर्म में ही करूंगा इसके बाद बद्री गुंडा बोलता है उसकी सिपाड़ी मुझे दो उस बच्चे को मैं मारूंगा माली बाबा बोलता है ठीक है आप ले लो मार दो और यदि मार नहीं पाया तो फिर बेटा साड़ी पहन कर हमारी पलटन में शामिल हो जाना बद्री गुंडा बोलता है ठीक है इसके बाद सीएम धर्मवीर

बोलता है अब पार्टी में चलना चाहिए क्योंकि उस पार्टी में जो भी व्यक्ति आए हैं वह फॉरेन से भी उस सीएम से मिलने के लिए आए हैं इसके बाद सभी उस कमरे में से निकल कर बाहर आते हैं तब ही धर्मवीर बोलता है उस सीएम का डुप्लीकेट पार्टी में आया है कि नहीं तब डॉक्टर मोर सिंह बोलता है हां डुप्लीकेट सीएम को देखकर आप यह नहीं भूल सकते हैं कि यह उसका डुप्लीकेट है कि असली धर्मवीर बोलता है बेटा डॉक्टर पहले मिल आओ तो हमे नकली सीएम से डॉक्टर मोर सिंह ताली बजाता है ताली बजाते ही वह नकली सीएम उसके सामने आता है ,नकली सीएम के आते ही धर्मवीर हंसता है और बोलता है असली है ना,

धर्मवीर बोलता है वाकई में कमाल कर दिया डॉक्टर ने तो चल ठीक है अब असली सीएम को अपने ठिकाने पर ले जाना है किसी भी तरीके से और जो भी अपने ठिकाने पर सीएम को ले जाएगा उसे हमारी तरफ से मुंबई का बंगला गिफ्ट में तब बिल्लादादा बोलता है वही बंगला जो ऐश्वर्या के सामने हैं धर्मवीर कहता हां बिल्ला दादा वही बंगला बिल्लादादा बोलता है अब देखो मेरा कमाल मैं करूंगा सबका हलाल और यही है मेरा खयाल मैं कर दूंगा सीएम को लाल इसलिए मेरा नाम है बिल्ला कमाल उधर सीएम को सीने में दर्द होता है तो वह बाथरूम में जाता है और वहां पर अपनी शर्ट को निकलता है फिर इसके बाद उसके सीने में बहुत तेज दर्द होने लगता है और वह तेजी से शिवाय को बुलाता है शिवाय जल्दी आओ मुझे बहुत तकलीफ हो रही है इधर शिवाय सुनता है और आंख बंद करके देखता है की उसके आका बाथरूम में गिर गए हैं परंतु शिवाय उड़ता हुआ बाथरूम में पहुंचता है जब तक सीएम बेहोश हो जाता है और जल्दी से सीएम भारत को उठाकर डॉक्टर डीके जैन सर के यहां पर जाते हैं वहां पर डीके जैन साहब नहीं मिलते हैं तब शिवाय आंख बंद करके देखता है कि डॉक्टर साहब कहां पर हैं शिवाय देखता है कि डॉक्टर डीके जैन सर एक मीटिंग में भाषण दे रहे हैं शिवाय जल्दी से उड़ता हुआ है जाता है और उस मीटिंग से डॉ डीके जैन साहब को लेकर आते हैं डीके जैन साहब यह समझ नहीं पाते हैं कि वह कहां थे क्योंकि जैसे आंख खोलते हैं वह अपने क्लीनिक में होते हैं बस सोचते हैं अभी तो मैं भाषण दे रहा था यहां कैसे आ गया तब शिवाय बोलता है इनको सीने में दर्द हो रहा है तब डी के जैन साहब हाथ पकड़ कर देखते हैं और शिवाय की तरफ देखते हैं शिवाय बोलता है क्या हुआ जरा हमको भी बताओ तब डीके जैन साहब बोलते हैं अब इस दुनिया में नहीं रहे इसे घर ले जाओ इतना सुनते ही शिवाय जमीन पर

गिर जाता है और बहुत जोर से चिल्लाता है नहीं यह हो नहीं सकता मेरे आका इस दुनिया को छोड़कर नहीं जा सकते मैं उनकी रूह को वापस लेकर आऊंगा चाहे उसके लिए इस सृष्टि के नियम ही क्यों ना बदलना पड़े तब डीके जैन साहब से शिवाय बोलता है आप इनके शरीर की रक्षा करिए मैं इनकी आत्मा को यमलोक से लेकर आता हूं तब डॉ डीके जैन साहब बोलते हैं अरे भाई मैं बुड्ढा हो गया हूं मैं कैसे इसके शरीर की रक्षा करूंगा इसके बाद शिवाय बोलत हैं आप कुछ नहीं कर सकते क्या तब डीके जैन साहब बोलते हैं शिवाय से, इनका शरीर धीरे-धीरे खराब हो जाएगा इनके शरीर को यदि सुरक्षित रखना है तो बर्फ के अंदर रखना होगा जिससे इनका शरीर खराब होने में काफी समय लग जाएगा इतना कहकर डीके जैन साहब अंदर चले जाते हैं शिवाय को बहुत तेज गुस्सा आता है और वह अपनी दीदी को बुलाता हैं राधे तुरंत ही वहां पर प्रकट होती है तब राधे बोलती है कहो भाई किस लिए बुलाया तब शिवाय बोलता है मेरे आका इस दुनिया में नहीं रहे यह सुनते ही राधे को सीने में जोर का धक्का लगता है और वह स्तंभ हो जाती है कुछ क्षण के लिए तब शिवाय बोलता है क्या हुआ दीदी .फिर राधे बोलती है कुछ नहीं भाई लेकिन यह सब कैसे हुआ,शिवाय बोलते है - वो सब छोड़ो मुझे मेरे आका को जिंदा करना है अब एक ही रास्ता है इनकी रूह को वापस लाने का दीदी आप इनके शरीर कि रक्षा स्वयं करेगी न दीदी बोलती है अपनी जान से भी ज्यादा, शिवाय बोलता है ठीक है तो अब इनके शरीर को कही भी सुरक्षित जगह ले जाओ और में यमलोग जाता हूं इनकी रूह को वापस लाने के लिए राधे बोलती है ठीक है अब जल्दी जाओ और सुनो इस फूल को लेते जाना यह तुम्हारी किसी भी जगह ले जाने में सक्षम है शिवाय फूल लेता है और यमलोक के लिए जाता है इधर राधे भारत की बॉडी को उठाकर वह हिमालय पर्वत की गुफा में ले जाती हैं और वहा कि तमाम जड़ी बूटियों को अपनी मंत्र शक्ति द्वारा आदेश देती है और वह जड़ी बूटियां उस पार्थिव देह कि देख भाल में लग जाती हैं जिससे पार्थिव शरीर सुरक्षित हो जाता है एवम शरीर के चारो तरफ आग का सुरक्षित घेरा बना देती है और खुद भी शरीर कि देख भाल करने लग जाती है उधर जैसे ही शिवाय यमलोग के प्रथम द्वार पर पहुचता हैं तो यम दूत रोक लेते हैं तब शिवाय बोलता है मुझे आगे जाने दो यम बोलते हैं इस द्वार से केवल रूह ही जा सकती हैं तब शिवाय फूल को निकलता है फिर रूह में बदल जाता हैं इसके बाद आगे चला जाता है जैसे ही यम लोग पहुंचता है तो यमराज

रोक लेते है शिवाय बोलता है यमराज जी बोलते हैं कहो यहां कैसे आना है तब शिवाय बोलता है मुझे मेरे आका की रुह ले जाने के लिए आया हूँ कृपया करके मुझे रूह लौटा दीजिए तब यमराज बोलते हैं आपके आका की रूह इस लोक में नई आई है वह तो पृथ्वी पर ही कैद है शिवाय बोलता है पृथ्वी पर आखिर किस ने उनकी रूह को कैद किया है वह है कॉन है यमराज बोलते हैं हम यह नहीं बता सकते क्योंकि जिसने भी तुम्हारे आका की रूह को कैद किया है, वह उसने चारों ओर एक सुरक्षा कवच बनाया है जिसे यहां से भेद पाना संभव नहीं है इसलिए तुम्हें वहीं पर जाना होगा लेकिन उस सुरक्षा कवच को तोड़ना तुम्हारे लिए भी असंभव होगा शिवाय बोलता है फिर मैं उस सुरक्षा कवच को कैसे भेद सकता हूं यदि वह सुरक्षा कवच को तोड़ना है तो उसके लिए तुम्हें पृथ्वी पर ही 4 प्राणी मिलेंगे जो इस सुरक्षा कवच को तोड़ने में सक्षम है शिवाय फिर बोलता है वह चार प्राणी पृथ्वी पर कहां मिलेंगे यमराज जी बोलते हैं मैं उन चार मनुष्यों के बारे में बता तो नहीं सकता क्योंकि यह हमारे नियम के विरुद्ध है अतः तुम्हारे लिए उन चार मनुष्यों को खोजना अति आवश्यक होगा शिवाय बोलता है ऐसा क्या है उन चार मनुष्यों में तब यमराज बोलते हैं उन चार मनुष्यों ने ही कई प्राणियों की रक्षा की है तथा इस पृथ्वी का निर्माण करने में भी उनका योगदान है वह मनुष्य देखने में साधारण है लेकिन वह देवियों शक्तियों से परिपूर्ण है उनके अंदर वह सारी शक्तियां मौजूद हैं जो तुम्हारे आका को छुड़ाने के लिए पर्याप्त हैं शिवाय बोलता है ठीक है आप इतना तो बता दीजिए कि वह पृथ्वी पर कहां पर निवास करते हैं यमराज जी सुनकर मुस्कुराते हैं और बोलते हैं ठीक है तब यमराज अपनी आंख बंद करके दिव्य दृष्टि से उन चार मनुष्यों को देखने की कोशिश करते हैं लेकिन उन मनुष्यों को ढूंढने में असफल हो जाते हैं क्योंकि वह उस युग में वह नहीं मिलते हैं वह समय यात्रा करके किसी दूसरे समय में रहते हैं इसलिए वह नहीं मिल पाते तब यमराज जी बोलते हैं कि वह इस समय में नहीं है वह समय यात्रा करके किसी और समय में हैं लेकिन तुम पृथ्वी पर पहुंचेंगे तब तक वह उसी समय में आ जाएंगे तथा तुम उनसे मुलाकात करके उनकी सहायता लेकर अपने आका को बचा सकते हो शिवाय बोलता है ठीक है और शिवाय इसके बाद यमराज जी से आज्ञा लेकर पृथ्वी की ओर आता है वह आधे रास्ते में आते ही उसे एक सुरंग मिलती है जो शिवाय को निगल जाती है शिवाय यह सोचता है आखिर यह कौन सी गुफा है जिसे मैं पार नहीं कर पा रहा हूं तब अंदर एक

ज्योति रूप रोशनी आती है और वह कहती है शिवाय से तुम अब मेरा भोजन हो क्योंकि तुम्हें मेरे गुरु जी ने अर्पण कर दिया है इसलिए अब मैं तुम्हारा भोजन करूंगी तब शिवाय बोलता है ठीक है आप मेरा भोजन कर लेना लेकिन मेरी एक इच्छा है उसे पूर्ण कर दीजिए ज्योति रूप रोशनी बोलती है कहो क्या इच्छा है तुम्हारी तब शिवाय बोलता है मुझे मेरे आका की रूह आजाद करवाना है जो पृथ्वी पर किसी बुरी शक्ति ने कैद कर लिया तब रोशनी बोलती है मैं यह काम नहीं कर सकती इसके अलावा और कुछ बोलो तब शिवाय बोलता है यमराज जी ने मुझसे बोला है कि पृथ्वी पर 4 प्राणी ऐसे हैं जो कई शक्तियों से परिपूर्ण है मुझे उन प्राणियों का पता चाहिए वह ज्योति रूप रोशनी बोलती है वह प्राणी इस समय में नहीं है लेकिन कुछ ही क्षणों बाद वह पृथ्वी पर आ जाएंगे तथा तुम उनसे मिल सकते हो शिवाय बोलता है लेकिन वह कहां मिलेंगे तब ज्योति रूप रोशनी बोलती है यदि उनको खोजना है तो उससे पहले तुम्हें मेरे कुछ सवालों के जवाब देना होंगे लेकिन याद रखना यदि एक भी सवाल का जवाब गलत दिया तो तुम्हारी रूह को कैद कर लिया जाएगा शिवाय बोलता है ठीक है और यदि मैंने तुम्हारे सवालों के जवाब दे दिए तो आपको मेरे आका के रुह को आजाद कराने में मदद करनी होगी ज्योति स्वरूप रोशनी बोलती है मैं तुम्हारी मदद नहीं कर सकती हां तुम्हें रास्ता जरूर दिखा सकती हूं जिससे तुम अपने आका की रुह को आजाद कर सकते हो शिवाय बोलता है ठीक है आप सवाल पूछिए इसके बाद ज्योति स्वरूप रोशनी अपना पहला प्रश्न पूछती है ?

बताओ काजल से काला कौन है शिवाय बोलता है कलंक ज्योति रूप रोशनी फिर पूछती है कलंक काजल से काला क्यों है शिवाय बोलता है काजल तो कुछ समय बाद मिट जाता है लेकिन कलंक नहीं मिठता वह पूरे जीवन को कलंकित करता रहता है और आत्मा को भी कई तरह से घायल करता है दिव्य स्वरूप रोशनी पूछती है अच्छा मुझे यह बताओ सभी मनुष्यों में समानता क्यों नहीं है शिवाय थोड़ा सोचता है फिर बोलता है सभी मनुष्यों में समानता इसलिए नहीं है क्योंकि सभी मनुष्यों की इच्छाएं अलग-अलग हैं लेकिन शारीरिक रूप से उनकी बनावट मिलती-जुलती है लेकिन उन्हें सभी मनुष्यों से अलग केवल उनका चरित्र ही करता है और चरित्र के आधार पर उनकी पहचान होती है इसलिए सभी मनुष्य समान नहीं है इसके बाद रोशनी बोलती है ठीक है यदि तुम अपने आका की आत्मा को वापस लाना चाहते हो जो कोबराभोई ने कैद करके रखी है उसे मिटा

पाना इतना आसान नहीं है क्योंकि वह सारी बुरी शक्तियों का मालिक है हां जैसे कि यमराज ने तुम्हें बताया है की पृथ्वी पर 4 प्राणी ऐसे हैं जो उनकी शक्तियों को मिटा सकते हैं तथा सभी आत्माओं को मुक्त करा सकते हैं जो कोबराभोई ने कैद कर के रखी हैं तुम्हें इस पृथ्वी पर एक हिंदुस्तान देश है उस देश के अंदर मध्यप्रदेश राज्य हैं और उस राज्य के अंदर विदिशा जिला है विदिशा जिले के अंदर ग्राम मियां-खेड़ी तहसील नटेरन है जो मियां-खड़ी गांव में श्री हनुमान जी के मंदिर पर पुजारी मिलेंगे जिनका नाम श्री अनिल महाराज हैं जो तुम्हारी सारी समस्याओं का हल ढूंढने में सक्षम है इसलिए तुम्हें उन समस्याओं का हल कराने के लिए तुम्हें श्री अनिल महाराज जी से मिलना होगा वह तुम्हें उन चार प्राणियों के बारे में बताएंगे जो कहां पर मिलेंगे अब देर मत करो और शीघ्र ही जाओ शिवाय आज्ञा लेता है और वह तुरंत ही पृथ्वी की ओर आता है और वह ग्राम मियां खेड़ी पहुंच जाता है जहां पर उसे श्री अनिल महाराज जी से भेंट होती है वह अपना सारा वृत्तांत श्री अनिल महाराज जी को बताते हैं उसके बाद अनिल महाराज जी बोलते हैं आप जिन प्राणियों की बात कर रहे हो वह प्राणी तो शायद इस समय में नहीं मिल सकते क्योंकि उनका समय तो आज से 25 वर्ष पहले ही पूर्ण हो चुका है और उनके बारे में अब शायद कोई नहीं जानता तब शिवाय बोलता है लेकिन मुझे उन चार प्राणियों को ढूंढना अति आवश्यक है तब श्री अनिल महाराज जी बोलते हैं लेकिन इस समय मेरे लिए यह बताना संभव नहीं है कि वह कहां मिलेंगे हां लेकिन एक पुस्तक है जो शायद मेरे पास रखी होगी उन चार मनुष्यों के बारे में नाम तथा उनका पता भी लिखा हुआ है और यह भी लिखा हुआ है कि उन्होंने किस तरह से इस पृथ्वी का निर्माण करने में सहायता की है तब शिवाय बोलता है तो वह जल्दी से वह पुस्तक निकालिए और मुझे दीजिए श्री अनिल महाराज जी बोलते हैं रुको भाई पहले आप मुंह हाथ धो लो आप लंबी यात्रा करके आए हो थक गए होगे तब शिवाय बोलता है यदि मुझे देर हो जाएगी तो मैं अपने आका की आत्मा को आजाद नहीं कर पाऊंगा इसलिए मुझे आप वह पुस्तक उपलब्ध कराइए श्री अनिल महाराज जी बोलते हैं ठीक है वह अपनी कुटिया के अंदर जाते हैं और सारी कुटिया के अंदर ढूंढते हैं लेकिन वह पुस्तक नहीं मिलती तब श्री अनिल महाराज जी बोलते हैं वह पुस्तक तो शायद कोई चुरा कर ले गया होगा शिवाय निराश होकर आज्ञा लेकर जैसे ही जाने लगता है तब श्री अनिल महाराज जी बोलते हैं ठहरो वह पुस्तक इस समय इलेक्ट्रॉनिक रूप में

भी मौजूद है शिवाय बोलता है ठीक है तो वह पुस्तक के बारे में शीघ्र बताइए कि वह कहां मिलेगी इस समय अनिल महाराज जी बोलते हैं ठीक है आप चिंता मत करो वह बोलते हैं Bharat journey of time machine यह पुस्तक अमेज़ॉन पर उपलब्ध है इसे Amazon की साइड से खरीद कर तुम उन चार मनुष्यों के बारे में पूर्ण वर्णन है उन चार मनुष्यों के पास समय यंत्र भी है जो किसी भी समय में यात्रा कर सकते हैं तथा वह चारों प्राणी अद्भुत शक्तियों से परिपूर्ण भी हैं जो तुम्हारे लिए तुम्हें कई शक्तियों के रहस्य को जान सकते हो .

इसके बाद शिवाय भारत जर्नी ऑफ़ टाइम मशीन को ऐमेज़ॉन की साइड से पुस्तक को खरीदता है तथा उसे पड़ता है पढ़ने के बाद पता चलता है कि डॉ गीता मांजी और डॉक्टर रुक्मणी श्रीवास्तव वह इस समय ग्वालियर में हैं शिवाय देर बिल्कुल ना करते हुए वह तुरंत ही ग्वालियर पहुंचता है!

जैसे ही शिवाय अपनी आंख बंद करता है और देखता है कि डॉ गीता मांजी वह कमरे के बाहर बैठी हुई है तब शिवाय डॉक्टर गीता मांजी से शिवाय बोलता है हमारे लिए आपकी सहयता की जरूरत है डॉक्टर माजी बोलती है इस समय आपकी कोई मदद नहीं कर सकती तब शिवाय बोलता है यदि आपने मदद नहीं करी तो मुझे मजबूरन आपको साथ में ले जाना पड़ेगा तब गीता माझी बोलती है आज तक कोई ऐसा पैदा नहीं हुआ जो मेरी मर्जी के बिना मुझे ले गया हो शिवाय बोलता मैं अच्छी तरह से जानता हूं आप रसायन विद्या और जादू विद्या में महारत हासिल की है आपने लेकिन मुझे मेरे आका की रुह को आजाद कराना है उस तांत्रिक है से इसलिए मुझे आपके पास आना पड़ा क्योंकि उस अघोरी तांत्रिक से केवल आप ही टक्कर ले सकते हो फिर शिवाय बोलते है जब मैं यमराज के यमलोक गया था तो वहां पर मुझे आपके बारे में ही बताया गया कि आपने किस तरह से सूर्य का निर्माण व पृथ्वी का निर्माण करने में किस तरह से दिव्य ज्योति स्वरूप रोशनी के आदेश पर आपने बड़ा ही पुण्य काम किया था इसलिए उन्हीं की आज्ञा से मैं आपके द्वार आया हूं क्योंकि भविष्य में कुछ घटनाएं घटित होने वाली हैं जो भविष्य के लिए ठीक नहीं होंगी इसलिए मुझे आप की आवश्यकता है तथा आपके साथियों की भी इसलिए आपसे विनम्र अनुरोध है की मुझे मेरी सहायता करने में मदद करें जिससे मेरे आका की रूह को आजाद किया जा सके ,तब डॉक्टर गीता मांजी बोलती है ठीक है शिवाय लेकिन इस काम में बड़ा ही

जोखम है इसलिए मुझे डॉ स्मिता य डॉक्टर अंचल को अपने साथ ले जाना होगा क्योंकि उस परिस्थिति में यदि कोई संकट आ जाएगा तो वह मेरी मदद कर सकती हैं इसलिए मुझे किसी एक को फोन लगाना होगा जो मेरे साथ चलने के लिए तैयार रहें इसके बाद डॉ स्मिता को डॉ गीता फोन लगाती है तब डॉ स्मिता जाने से मना कर देती है क्योंकि वह डॉ गीता को बोलती है कि मैं तुम्हारे साथ नहीं जा सकती क्योंकि इस समय मैं प्रेग्नेंट हूं इसलिए तुम किसी और को फोन लगा लो इसके बाद डॉ गीता अंचल को फोन लगाती है तो डॉक्टर अंचल बोलती है मैं चलने के लिए तैयार हूं मगर मुझे इस बार पैसा चार गुना चाहिए तब डॉक्टर गीता बोलती है पैसा तुझे इतना मिलेगा कि तेरी आने वाली सात पीढ़ी भी घर बैठकर खाएंगे इसके बाद डॉ गीता शिवाय से बोलती है तुम्हारे लिए मेरे साथ उज्जैन चलना होगा जहां पर डॉक्टर अंचल मिलेगी शिवाय बोलता है ठीक है आप मेरे साथ चलिए मैं तुरंत ही आसमान के रास्ते से लेकर चलता हूं डॉक्टर गीता माजी शिवाय से बोलती है क्या तुम उड़ सकते हो तब शिवाय बोलता है हां मैं उड़ सकता हूं डॉ गीता माझी बोलती है मैं भी अपनी रसायन विद्या के कारण इस संसार में कहीं भी आ जाने में सक्षम हूं इसके बाद शिवाय और डॉक्टर गीता मांजी उड़ते हुए डॉ अंचल के पास पहुंचते हैं डॉ अंचल उन दोनों का इंतजार कर थी जैसे ही दोनों को डॉ अंचल देखती है तो डॉ गीता मांजी को बोलती है यह नमूना कहां से उठा कर आई हो साथ में डॉक्टर गीता बोलती है यह नमूना नहीं है इसका नाम शिवाय है जो हमारे लिए अपने आका की रूह को आजाद कराने के लिए हमारी सहायता की आवश्यकता आ गई है इसलिए हम दोनों को इसकी सहायता करना होगी तब डॉ अंचल बोलती है मुझे करना क्या होगा- शिवाय बोलता है आपको करना कुछ नहीं है बस करेगा तो वह तांत्रिक उस तांत्रिक से मेरे आका को मुक्त कराना है आपको सिर्फ उस तांत्रिक का सुरक्षा कवच तोड़ना है बाकी का काम मैं खुद कर लूंगा डॉ अंचल हंसती है हमको कुछ नहीं करना फिर साथ क्यों ले जा रहे हो तब डॉक्टर गीता माझी बोलती है अरे भाई हमें इनकी मदद करनी है हमें क्या मतलब हमें तो पैसे मिलना चाहिए डॉ अंचल बोलती है ठीक है इसके बाद तीनों आसमान के रास्ते से वह एक रेगिस्तान में पहुंचते हैं जहां पर अघोरी तांत्रिक का सुरक्षा कवच रहता है वह तीनों उस रेगिस्तान में रुक जाते हैं तब शिवाय बोलता है यहां से उस तांत्रिक का सुरक्षा चक्र शुरू हो जाता है सुरक्षा चक्र को हमें तोड़ना है डॉक्टर अंचल बोलती है यह तो बड़ा ही सिंपल है यह

लो अभी तोड़ देते हैं शिवाय बोलता है ठीक है जैसे ही डॉ अंचल और सुरक्षा चक्र को अपनी रसायन विद्या से मंत्र पढ़कर उस सुरक्षा चक्र को तोड़ने के लिए आगे बढ़ती है वह अदृश्य हो जाती है यह देखकर डॉ गीता मांजी घबरा जाती है शिवाय से बोलती है डॉक्टर अंचल कहां गई शिवाय बोलता है इस सुरक्षा चक्र के अंदर वह कैद हो गई है अब इसे भी बचाना है डॉक्टर गीता मांजी बोलती है मुझे अब मेरे गुरु जी की सहायता लेनी पड़ेगी वही इस सुरक्षा चक्र का तोड़ बताएंगे शिवाय बोलता है फिर वह गुरु जी कहां मिलेंगे गीता मांजी बोलती है वह हिमालय की गुफाओं में उनका आश्रम है जैसे ही वह उड़ने के लिए तैयार होते हैं जब तक डॉक्टर अंचल प्रकट हो जाती है और वह कहती है चलो इस तरफ से अंदर जाने का रास्ता है शिवाय और गीता मांजी दोनों बड़े गौर से ही देखते हैं तब डॉ अंचल कहती है मैं तुम्हारी तुम्हारे आका की रूह को भी देखा है और जल्दी चलो वरना वह सुरक्षा कवच और मजबूत हो जाएगा शिवाय बोलता है सुरक्षा चक्र से आप इतनी जल्दी आजाद कैसे हो गए डॉक्टर गीता माजी भी बोलती है हां जल्दी बताओ तब डॉ अंचल कहती है ऐसे सुरक्षा चक्र को पल भर में तोड़ सकती हूं शिवाय सोचता है वह सुरक्षा चक्र को इतनी आसानी से कोई भी भेद नहीं सकता यह जरूर उसका प्रतिबिंब होगा शिवाय जैसे अपनी आंख बंद करके डॉ अंचल को देखता है तो वह हैरान रह जाता है यह तो कोई भटकी हुई चुड़ैल होती है जो कई लोगों को अपने बस में कर के लोगों का शिकार करती है तथा अपनी प्यास बुझाने के लिए मनुष्यों का खून पीती है शिवाय डर जाता है और अपनी आंख तुरंत खोलता है और मन में सोचता है कहीं इसने डॉ अंचल का तो खून नहीं पी लिया वह गीता मांजी से कहता है संभल कर रहना क्योंकि इसका इसकी परछाई नहीं है तब डॉ गीता मांजी देखती है तो वह भी डर जाती है और सोचती है यह कोई डॉक्टर अंचल के रूप में प्रेत आत्मा है और मन ही मन सोचती है एक बार डॉ अंचल मिल जाए फिर इसका कचुंबर बनाकर कैद कर लूंगी इसके बाद डॉ अंचल बोलती है चलो इस रास्ते से वह तीनों उस सुरक्षा चक्र के अंदर प्रवेश करते हैं जैसे ही सुरक्षा चक्र के अंदर बीच में पहुंचते ही वह एक गोले का रूप धारण कर लेता है और उड़ता हुआ वह बीच थार मरुस्थल में पहुंच जाता है और वह उन तीनों को छोड़ देता है तब डॉ अंचल एक चुड़ैल का रूप धारण करती है और वह शिवाय और डॉक्टर गीता से बोलती है अब तुम्हारा भोजन करूंगी अब मुझे कई दिनों तक कहीं जाना नहीं पड़ेगा क्योंकि मुझे तीन तीन मनुष्यों का खून पीने को

मिलेगा शिवाय बोलता है वह डॉ अंचल कहां है तब है चुड़ैल बोलती है उसका तो मेरे बच्चे खून पी रहे होंगे यह सुनकर शिवाय घबराकर वह बोलता है अरे उसका खून तो जहर है क्योंकि उसके सारे खून में जहर बहता है तुम्हारे बच्चे मर जाएंगे यदि उसका खून पियेंगे तो चुड़ैल यह सुनकर हंसती है और कहती है हम चुड़ैल हैं हमारे लिए जहर का कोई असर नहीं होता यह मनुष्यों के लिए मौत का कारण हो सकता है लेकिन हमारे लिए यह बहुत ही स्वादिष्ट व्यंजन होता है तब डॉक्टर गीता मांजी बोलती है तुम्हारे बच्चों का कुछ भी नहीं होगा लेकिन डॉ अंचल से अच्छा खून हमारा है जिससे तुम्हारे बच्चे तंदुरुस्त हो जाएंगे तब चुड़ैल बोलती है यह भी अच्छा है फिर शिवाय बोलता है ठीक है ले चलो फिर अपने बच्चों के पास हमारा ही भोजन करा देना चुड़ैल बोलती है आप दोनों को मरने की इतनी जल्दी है शिवाय बोलता है आपके बच्चों को कहीं वह खा न जाए क्योंकि वह भी कई दिनों से भूखी है चुड़ैल थोड़ा घबराती है फिर बोलती है ठीक है जल्दी जल्दी चलो और वह रेगिस्तान में एक कुए के अंदर ले जाती है जैसे कुए के अंदर प्रवेश करते हैं तो ऊपर से वह कुआं इतना भयानक होता है चारों तरफ बहता हुआ खून और कई मनुष्यों की खोपड़ी हड्डी पड़ी रहती हैं लेकिन जैसे ही अंदर प्रवेश करते हैं वह किसी राजमहल से कम नहीं होता अंदर जाकर चुड़ैल और शिवाय गीता मांजी देखते हैं उनके बच्चों को डॉक्टर गीता मांजी अपनी जादू विद्या से उनको कैद कर लेती है और वह आईने में कैद कर देती है यह देखकर चुड़ैल घबरा जाती है और बोलती है तुमने मेरे बच्चों को इस जादुई आईने में कैद कैसे कर दिया डॉ अंचल बोलती है मुझे क्या तुम हल्के में ले रही हो अरे तुम्हारे जैसे कई चुड़ैलों को अपना भोजन बनाया है मैंने इसके बाद चुड़ैल आंख बंद करके अपनी शक्ति का प्रयोग करती है तब शिवाय उसके दोनों हाथों को पकड़ लेता है और गीता माजी से बोलता है इसकी एक आंख तुरंत निकाल लो क्योंकि इसकी शक्ति है इनकी आंखों में होती हैं डॉक्टर गीता मांजी तुरंत ही उसके पास जाती है और उसकी दोनों आंखें निकाल लेती है लेकिन उस चुड़ैल की दोनों आँखें वापस आ जाती हैं यह देख कर तीनों आपस में देखते हैं और कहते हैं यह कैसे संभव हो गया तब शिवाय बोलता है इसके आंखें नहीं है एक कहीं और से हमारे लिए देखती है शिवाय आंख बंद करके देखता है और देख कर चौक जाता है पर डॉ अंचल से कहता है सबसे पहले हमारे लिए जितने भी इस महल के अंदर जितना भी सामान है सब तोड़ना होगा डॉक्टर अंचल एक मंत्र मार दिया जिससे सारा

सामान टूट जाता है वह चुड़ैल बहुत सारे रूप धर लेती है और एक-एक करके सभी हमला करते हैं तभी शिवाय को गुस्सा आता है और वह आग का गोला बनकर सारी चुड़ैलन को जला देता है अब केवल असली वाली चुड़ैल बचती है जैसे ही वह चुड़ैल भागने लगती है तो डॉ अंचल बंधन मंत्र का प्रयोग करके उसे कैद कर लेती है तब शिवाय बोलता है अब बताओ मेरे आका की रूह कहां है चुड़ैल बोलती है कौन हैं तुम्हारा आका मैं नहीं जानती शिवाय बोलता है यदि तुमने मेरे आका के बारे में नहीं बताया तो मैं तुम्हारा शरीर पूरा खा जाऊंगा और तुम्हारी आत्मा को कभी भी मुक्ति नहीं दूंगा इसके बाद डॉ अंचल कहती है यह ऐसे नहीं बताएगी इस पर बिजली गिरानी होगी डॉक्टर गीता माजी बोलती है देर मत करो हमारे पास समय नहीं है क्योंकि यह महल कुछ ही समय बाद नष्ट हो जाएगा तब शिवाय उस चुड़ैल को जलाने के लिए अपने मुख से अग्नि निकालता है जिससे वह चुड़ैल जलने लगती है और वह घबरा जाती है और चिल्लाती मुझे छोड़ दो मैं तुम्हारे आका को नहीं जानती हां इस महल के अंदर एक आईना है जिससे तुम्हारे आका की आत्मा को देख सकते हो कि वह कहां है डॉक्टर अंचल उस आईना को लेकर आती है और कहती है यह आइना बहुत ही काम का है तब उस आईने में शिवाय के अका की रुह को देखते हैं तो वह सुरक्षित एक मटके में रखी है और वहां पर अघोरी तांत्रिक हवन करके कई मनुष्यों की बली चढ़ाने के लिए तैयारी कर रहा है शिवाय उस चुड़ैल से फिर पूछता है इस सुरक्षा चक्र को कैसे भेद सकते हैं वह चुड़ैल बोलती है इस सुरक्षा चक्र को कोई भी संसार की शक्ति भेद नहीं सकती हां इस आईने के द्वारा आप सभी अंदर प्रवेश कर सकते हो तथा सभी आत्माओं को आपने मुक्त करा दिया तो मैं भी मुक्त हो जाऊंगी शिवाय बोलता है तो फिर इस आईने के द्वारा हम प्रवेश कर सकते हैं चुड़ैल बोलती है हां इस आईने के द्वारा प्रवेश कर सकते हो लेकिन यहां से कुछ ही दूरी पर है आपको पवित्र जल से आईने को धोना पड़ेगा जिससे यह आइना अपने वास्तविक रूप में आ जाएगा फिर इस आईने के द्वारा आप अंदर प्रवेश कर सकते हो लेकिन वह अघोरी तांत्रिक कोई साधारण तांत्रिक नहीं है उसे मारने के लिए तुम्हें मेरे दोनों स्तन को काटकर उस अघोरी को यदि तुम खिला दोगे तो उसकी सारी शक्तियां नष्ट हो जाएंगी और तुम्हारे आका की रूह के साथ साथ हम सभी की आत्माएं भी मुक्त हो जाएंगे शिवाय बोलता है ठीक है वह पवित्र जल लाने के लिए कुछ ही दूर जाता है जहां पर एक कुआं होता है उससे कुएं में से

पानी लेने के लिए जैसे प्रवेश करता है तो कुछ लताएं शिवाय को जकड़ लेती है शिवाय जैसे ही बहुत छोटा रूप धारण करता है और तुरंत ही उस कुएं में प्रवेश कर जाता है और वहां पर रखा हुआ है एक जल का घड़ा उठाता है और तुरंत ही बाहर आने लगता है जैसे ही वह जल का घड़ा को शिवाय उठाता है तो वह कुआं तीव्र गति से छोटा होने लगता है लेकिन शिवाय भी तीव्र गति से बाहर निकल जाता है और वह कुआं नष्ट हो जाता शिवाय उस घड़े का पानी से उस आईने के ऊपर डालता है तो वह आईना एक द्वार के रूप में परिवर्तित हो जाता है चुड़ैल बोलती है अब तुम्हारे पास सिर्फ 5 घंटे का समय है क्योंकि 5 घंटे बाद यह आईना में परिवर्तित हो जाएगा और तुम अंदर ही कैद रह जाओगे यदि इस समय सीमा के अंदर बाहर नहीं आए तो शिवाय बोलता है हमारे लिए दो-तीन घंटे ही काफी हैं अंदर प्रवेश करने के लिए जैसे आगे बढ़ते तब चुड़ैल बोलती है तुम शायद भूल रहे हो मेरे स्तन का भोजन उस अघोरी को खिलाओगे तो हम सब को मुक्ति मिल जाएगी शिवाय बोलता है तुम्हें मुक्ति मिले चाहे ना मिले हमें कोई फर्क नहीं पड़ता लेकिन हम तुम्हारा स्तन नहीं काट सकते डॉ अंचल बोलती है तुम नहीं काट सकते तो क्या हुआ मैं काट लेती हूं जैसे ही डॉ अंचल उस चुड़ैल का स्तन काटती है तो दूसरे स्तन आ जाता है डॉ अंचल बोलती है यह कैसे संभव हो गया चुड़ैल बोलती है यह सब कुदरत ने मुझे गिफ्ट दिया है लेकिन मुझे यह श्राप भी मिला हुआ है कि जो भी मेरे स्तन को खाएगा वह भी नष्ट हो जाएगा क्योंकि मेरे शरीर का निर्माण नही हुआ है वह उसी अघोरी तांत्रिक ने इस शरीर का निर्माण किया है तथा मेरी आत्मा को इस में अपनी जादुई शक्ति से कैद कर दीया हैं फिर डॉ अंचल बोलती है आपका स्तन कितना बदबू मार रहा है इसकी सफाई कब से नहीं की तब चुड़ैल बोलती है मैंने तो हजारों दिनों से नहाया भी नहीं है और वैसे भी अपने स्तन की सफाई करके क्या करूंगी मुझे कोई फर्क नहीं पड़ता है अपने शरीर को साफ राखु या बदबूदार डॉ अंचल बोलती है ठीक है अब लेक्चर मत दे शिवाय बोलता है इससे इसके बच्चों के साथ भी कैद कर दो वरना यह हमारे लिए कुछ मुसीबत खड़ी कर सकती है तब डॉ अंचल बोलती है ठीक है फिर वह डॉ अंचल उस चुड़ैल को भी उस आईने में कैद कर देती है जिस आईने में उसके बच्चे कैद रहते हैं फिर तीनों उस द्वार के माध्यम से उस तांत्रिक अघोरी के यहां पहुंच जाते हैं यह देख कर तांत्रिक अघोरी अचंभित हो जाता है और बोलता है इस सुरक्षा चक्र को इस संसार में कोई भी नहीं तोड़ सकता आपने

कैसे तोड़ दिया शिवाय बोलता है जो संभव है वही तो किया है आप क्या आपके जैसे कई लोगों को हम परलोग भेज चुके हैं तब अघोरी खोपड़ी उठाता है और वह खोपड़ी को आदेश देता है जा मेरी खोपड़ी इन तीनों का कचुंबर बना दे जैसे ही खोपड़ी उड़ती हुई शिवा के पास आती है तो शिवाय उस खोपड़ी को खा जाता है वह अघोरी तांत्रिक कहता है तू कौन है तब शिवाय बोलता है मैं तेरी मौत हूं इसके बाद डॉ गीता मांजी अपनी जादुई विद्या से बरसात कर देती है जिससे उसके हवन में पानी चला जाता है जिससे वह हवन नष्ट हो जाता है और डॉ अंचल अपनी जादुई विद्या से एक शेर का रूप धारण कर लेती है और तांत्रिक के ऊपर झपट्टा मारती है जिससे तांत्रिक घायल हो जाता है इसके बाद वह तांत्रिक अपना टेढ़ा डंडा को उठाता है और घुमाकर उस शेर में मारता है जिससे डॉ अंचल बुरी तरह से घायल हो जाती है और वह एक खोपड़ी के ऊपर गिरती है जिससे वह खोपड़ी टूट जाती है खोपड़ी के टूटते ही वह तांत्रिक का एक हाथ बूढ़ा हो जाता है तो शिवाय यह देख कर सारी खोपड़ीयों को एक-एक करके तोड़ता है जिससे वह अघोरी तांत्रिक पूरा बूढ़ा हो जाता है और अंत में अघोरी को शिवाय पकड़ कर उस हवन में जलाने के लिए लाता है और उस हवन में पटक देता है जिससे मैं अघोरी तांत्रिक फिर से जवान हो जाता है यह देख कर डॉ अंचल कहती है अरे शिवाय यह क्या कर दिया इसको फिर से जवान कर दिया तब अघोरी हंसता है और कहता है अब मैं कुछ क्षण बाद अमर हो जाऊंगा इसके बाद डॉ गीता मांजी उस अघोरी के दोनों हाथों को अपनी जादुई विद्या से बांध देती है और डॉ अंचल को बोलती है उस चुड़ैल का मांस इस अघोरी को खिलाओ तब डॉ अंचल जैसे उस चुड़ैल का स्तन निकालती है तो अघोरी घबराकर रोने लगता है और कहता है मुझे यह मत खिलाना वरना मैं मर जाऊंगा तब शिवाय बोलता है मेरे आका की आत्मा को मुक्त करा दो वरना यह तुम्हें खाना पड़ेगा अघोरी बोलता है आपके आका की रूह उस मटके से आजाद कर लो तब शिवाय बोलता है उस मटके को कैसे खोला जा सकता है तब अघोरी बोलता है उसे खोलने के लिए तुम्हें किसी एक मनुष्य की बलि देनी होगी और फिर अघोरी हंसने लगता है डॉ अंचल बोलती है हंस ले बेटा जितना हंसना हैं हंस ले डॉ गीता मांजी बोलती है देर मत कर अंचल इसे उस चुड़ैल का स्तन खिला दे तब डॉ अंचल उस चुड़ैल का स्तन उसके मुंह में डालती है लेकिन अघोरी अपना मुंह नहीं खोलता तब शिवाय अघोरी का मुंह खोलता है और इस स्तन को उसके मुंह में डाल देता है और एक खींच कर घुसा मारता है

मुंह पर जिससे सारा स्तन उस अघोरी के पेट में चला जाता है पेट में जाते ही वह अघोरी जलने लगता है और धीरे-धीरे जलकर रॉक बन जाता है तथा शिवाय बोलता है अब मेरे आका को आजाद करना है तब शिवाय डॉ अंचल और डॉक्टर गीता की और देखता है और कहता है अब तुम दोनों में से किसी एक की बलि मैं चढ़ा लूंगा तब डॉ अंचल बोलती है अबे बच्चे मेरी तरफ देखना भी मत क्योंकि मुझे अभी 500 साल और जीना है डॉ गीता माजी बोलती है बली तो देना है घड़े को उठाकर ले आओ मैं अपनी जादुई विद्या से उस घड़े को नष्ट कर दूंगी जिससे तुम्हारे आका की रूह आजाद हो जाएगी शिवाय उस घड़े को उठाता है तो वह घड़ा अपने आप टूट जाता है तथा शिवाय के आका की रूह आजाद हो जाती है अपने आका की रूह लेकर शिवाय बोलता है चलो अब देर मत करो हमें इस द्वार से बाहर भी जाना है तब डॉ अंचल और गीता मांजी उस दरवाजे से बाहर निकलते हैं तो वह देखते हैं दो प्यारे प्यारे नन्हे मुन्ने बच्चे और एक बहुत ही सुंदर औरत उनके सामने खड़ी हैं यह देख कर डॉ अंचल बोलती है कि आप कौन हैं तब वह सुंदर औरत बोलती है मैं वही चुड़ैल हूं जो आपने हमें इस आईने में कैद किया था उस अघोरी तांत्रिक का खात्मा होते ही हम मुक्त हो गए अब हमारी आत्मा को मुक्ति मिल जाएगी तथा हम अब फिर से जन्म ले सकते हैं तब डॉक्टर गीता माजी बोलती है यह सब शिवाय की वजह से हुआ है फिर चुड़ैल बोलती है आप देर मत करो यहां से निकल जाओ क्योंकि यह जगह अब पूरी तरह से नष्ट हो जाएगी तथा वह सुरक्षा चक्र भी पूरी तरह से नष्ट हो जाएगा तब तीनो जाने लगते हैं तब चुड़ैल बोलती है रुको आपने हमारे लिए इतना कुछ किया है जिससे हमें मुक्ति मिल गई मैं आपको उस अघोरी की जादुई कालीन तुम्हें प्रदान करती हूं इस जादुई कालीन का बहुत ही महत्व है इस जादुई कालीन से आप गायब भी हो सकते हो और इस जादुई कालीन से जो भी मांगोगे वह तुम्हें प्रदान कर देगी यदि इस जादुई कालीन से कुछ भी लेना हो तो बेझिझक कहना लेकिन यह जादुई कालीन कुछ ही चीजें आपको दे सकती हैं जैसे भोजन पानी हीरे जवाहरात आदि इतना कहती वह चुड़ैल और उसके बच्चे अदृश्य हो जाते हैं शिवाय और गीता मांजी उस जादुई कालीन को लेकर वापस आ जाते हैं जैसे ही डॉ अंचल उस जादुई कालीन को हाथ लगाती है तो हाथ जलने लगता है वह जादुई कालीन बोलती है आप मुझे मत छूना क्योंकि कोई भी औरत मेरे लिए नहीं छू सकती यदि आपने मुझे फिर से छुआ तो आप जलकर नष्ट हो जाएंगे तब शिवाय

बोलता है ऐसा क्यों जादुई कालीन बोलती है मैं सिर्फ अपने आका की सुनती हूं तो शिवाय बोलता हम तीनों में से आपका आका कौन है जादुई कालीन बोलती है मैं अपने आका को स्वंम चुनुँगी आप तीनों में से कोई भी मेरा आका नहीं है इतना कहते ही जादुई कालीन अदृश्य हो जाती है !

इसके बाद डॉ गीता और डॉक्टर अंचल को शिवाय छोड़ने के लिए आता है और उन्हें महाराष्ट्र बैंक से पैसे निकाल कर दे देता है और वह अपना पैसा लेकर अपने अपने घर चली जाती है इसके बाद शिवाय अपनी दीदी के पास जाता है जैसे ही शिवाय हिमालय पर्वत की गुफा में पहुंचता है तो देखकर हैरान रह जाता है वहां पर भारत का पार्थिव शरीर धीरे-धीरे नष्ट होने वाला होता है तब शिवाय बोलता है दीदी आपने मेरे आका के शरीर की रक्षा क्यों नहीं की तब शिवाय की दीदी बोलती है पागल अपनी जान से भी ज्यादा आपके आका के पार्थिव शरीर की रक्षा की है यह तो जड़ी बूटियों का असर है जिससे आपके आका के शरीर का यह हाल है !

शिवाय बोलता है फिर मेरे आका का शरीर ऐसा क्यों दिख रहा है तब दीदी बोलती है यह सब जड़ी बूटियों का कमाल है खैर छोड़ो तुम यह बताओ तुम्हारे आका की रूह अपने साथ लेकर आए हो क्या तब शिवाय बोलता है ,हां मैं साथ लेकर आया हूं फिर दीदी अपनी जादू विद्या से वह शरीर को उसी हाल में कर देती है जिस हाल में शिवाय छोड़ कर गया था !

इसके बाद शिवाय उस रूह को पार्थिव शरीर में प्रवेश करने के लिए रूह को आजाद करता है तो वह रूह तुरंत ही शरीर में प्रवेश करती है जिससे भारत जिंदा हो जाता है और तुरंत ही उठता है और बोलता है मैं कहां आ गया तब शिवाय बोलता है आप मेरे साथ हिमालय की गुफा में भारत फिर बोलता है हम तो उस पार्टी में थे लेकिन यहां कैसे पहुंचे तब राधे बोलती है आपके सीने में दर्द हुआ था जिस के इलाज के लिए हमें यहां आपको लाना पड़ा तथा आप का उपचार हो गया है अब आप पूर्ण रूप से सुरक्षित हैं इसके बाद भारत बोलता है ठीक है हमें उस पार्टी में चलना चाहिए तब शिवाय बोलता है आपको 2 दिन हो गए हैं अब वह पार्टी खत्म हो गई होगी आपको घर चलना होगा इसके बाद तीनों घर के लिए निकलते हैं घर पहुंच कर वह देखते हैं की भारत का हमशक्ल बैठा हुआ है यह

देख कर भारत बोलता है यह मेरा हमशक्ल कौन हैं?

तब शिवाय बोलता है यह डॉक्टर मोर सिंह ने प्लास्टिक सर्जरी करके आपका डुप्लीकेट बनाया है ताकि आपको मार सके लेकिन आप चिंता मत करो इसे हम पकड़ कर कमरे में रखेंगे और दुश्मनों को यही लगेगा कि उनका हमशक्ल ही है इसके बाद शिवाय और राधे उस हमशक्ल को पकड़ते हैं पकड़ कर उसे हिमालय की गुफाओं में छोड़ देते हैं इसके बाद राधे और शिवाय वापस अपने आका के पास आ जाते हैं भारत बोलता है शिवाय से इन 2 दिनों में ना जाने उस हमशक्ल ने क्या हाल कर दिया होगा शिवाय बोलता है आप चिंता ना करो अब आप और हम मिलकर सब कुछ ठीक कर देंगे इसके बाद भारत शिवाय से बोलता है अब हमारे लिए हर चाल सोच समझकर चलनी होगी दुश्मन को यह पता नहीं लगना चाहिए की मैं ही असली वाला सीएम हूं इसके बाद धर्मवीर आता है शिवाय धर्मवीर को देखकर मक्खी का रूप धारण कर लेता है धर्मवीर आकर बोलता है अरे सीएम जल्दी चलो एक मीटिंग है जिसमें तुम्हारे लिए बहुत काम करना है सीएम बोलता है ठीक है चलो इसके बाद सीएम के साथ भारत और शिवाय मीटिंग के लिए निकल जाते हैं जैसे ही मीटिंग के लिए एक होटल में पहुंचते हैं तो धर्मवीर बोलता है तुम चलो मैं आता हूं भारत मीटिंग में पहुंचता है तो उसके सामने एक फाइल रखी जाती है और बोलते हैं इस फाइल को पास करनी है जिससे करोड़ों रुपए का मुनाफा होगा भारत इस फाइल को अपने पास रख लेता है लेकिन साइन नहीं करता इसके बाद विधायक रामबाबू गडरिया बोलता है सीएम महोदय जल्दी से साइन कर दो वरना तुम्हें पता हम क्या करेंगे तब सीएम बोलता है बेटा अपनी औकात में रहो मैं ही असली वाला सीएम हूं तुम्हारा डुप्लीकेट सीएम को परलोग भेज दिया है यह सुनकर सभी चौक जाते हैं और राम बाबू अपनी बंदूक निकाल कर सीएम पर तान देता है शिवाय असली रूप में आकर रामबाबू का हाथ तोड़ देता है जैसे ही राम बाबू का हाथ टूटता है सारे विधायक ब गुंडा कमरा छोड़ कर भाग जाते हैं जैसे ही धर्मवीर को पता चलता है कि असली वाला सीएम यही है तो वह धर्मवीर भी गुप्त रास्ते से निकल जाता है इधर सीएम तुरंत ही गाड़ी से ऑफिस पहुंचता है वह अपनी पर्सनल सेक्रेटरी से मिलता है और धर्मवीर के बारे में पूरी डिटेल 1 घंटे में लाने को कहता है तथा उसकी जितनी प्रॉपर्टी बिल्डिंग उन सब पर बुलडोजर चलाने का आदेश देता है तब यह खबर मीडिया को पता चलती है तो मीडिया वाले सीएम ऑफिस पहुंचते

हैं और सवालों की झड़ी लगा देते हैं लेकिन सीएम महोदय अपने गार्ड्स को आदेश देते हैं कि जितने भी मीडिया वाले हैं उन सब को जाने का बोल दो जो भी मीडिया वाला ऑडी बाजी करें उसको गोलियों से भून दो इतना आदेश सुनते ही सारे मीडिया वाले भाग जाते हैं इधर सी एम महोदय को फोन आता है कि टुंडा दादा होटल पाराशरी में लड़कियों को कैद करके रखा है तथा कंटेनर में भर के विदिशा के कोकली बांग्ला में भेजने वाला है सीएम महोदय तुरंत ही पाराशरी होटल को घेरने का आदेश देते हैं तथा खुद सीएम भी पाराशरी होटल पहुंचते हैं वहां पर सारे कमरों की तलाशी लेने के बाद भी एक भी लड़की नहीं मिलती है तब सीएम को गुस्सा आता है और अपने पर्सनल सेक्रेटरी को बोलते हैं इस नंबर को ट्रेस करो कहां से आया है तब नंबर ट्रेस होता है और पता चलता है कि वह इसी होटल से आया है इसके बाद सीएम शिवाय को आदेश देता है की इस होटल की अच्छी तरह से तलाशी करो तब शिवाय आंख बंद करके देखता है कि इस होटल के नीचे तरघिरा बना हुआ है इसके बाद सीएम बोलता है उस तलघरे में जाने का रास्ता कहां से है तब शिवाय बोलता है यह पास वाले बिल्डिंग से है सीएम सुनकर चौंक जाता है क्योंकि वह बिल्डिंग भूपत साहब की है सीएम आदेश देता है कि इस बिल्डिंग को भी चारों तरफ से घेर ली जाए तब उस बिल्डिंग के बेसमेंट के एक गुप्त रास्ते से उस होटल पाराशरी पहुंचते हैं वहां पर 500 लड़कियों से ऊपर कैद रहती हैं उन सभी को देखकर भारत व सभी पुलिस के जवान हैरान रह जाते हैं क्योंकि वह सभी लड़कियां इस देश के कोने कोने से आई हुई हैं जो विदेशों में बेची जाती हैं तब उन लड़कियों की जानकारी ली जाती है तो वह अन्य राज्यों की होती हैं इतनी बड़ी सफलता मिलने के बाद मीडिया वाले नए सीएम की तारीफ में पुल बांध देते हैं यह खबर जब धर्मवीर को लगती है तो अपना कलेजे पर हाथ रख कर बोलता है इस साले ने मेरा करोड़ों रुपए का नुकसान कर दिया अब उन हरामियों का पैसा लोटाना पड़ेगा भारत पुलिस को आदेश देता है जिसने भी इन लड़कियों को कैद किया है उन सभी का 24 घंटे के अंदर एनकाउंटर होना चाहिए यह खबर चारों ओर फैल जाती है जिससे सारे राज्य के गुंडे अंडर ग्राउंड हो जाते हैं पुलिस को कोई भी गुंडा हाथ नहीं लगता है सीएम भारत को कुछ भी समझ में नहीं आ रहा था कि आखिर उन गुंडों को कैसे पकड़ा जाए तथा पूर्व सीएम धर्मवीर जी अपने निवास स्थान से गायब था और जितने भी गुंडे थे सब के सब अंडर ग्राउंड हो चुके थे सोचते-सोचते सीएम भारत को

अपने गुरु रजत ग्रोवर का ध्यान आता है वह इंटरनेट की दुनिया के हैकिंग मास्टर थे किसी जमाने में रजत ग्रोवर से हैकिंग सीखी थी सीएम भारत अपना लैपटॉप उठाता है और जितने भी हैकर्स रहते हैं उन सभी के पास मैसेज छोड़ता है और सभी अपने हैकर्स दोस्तों को इनवाइट करता है और उन सभी से कहता है मुझे सारे गुंडों की लोकेशन चाहिए किसी भी तरह से ट्रैक करो अब ट्रैक करने के लिए सबसे पहले उनके परिवार वालों को ट्रेस करते हैं तथा हार्वेस्टर टूल्स की मदद से उनके परिवार वालों के सोसल मीडिया अकाउंट को ईमेल अकाउंट जीमेल अकाउंट फेसबुक अकाउंट इंस्टाग्राम ट्विटर इन अकाउंट को निकालते हैं तथा सोशल सर्चर टूल्स की मदद से उन रिश्तेदारों के सारे फोटो निकालते हैं तथा वह किस-किस से कांटेक्ट हुआ है यह पूरी डिटेल निकालने के बाद उन्हीं जगहों पर छापा मारा जाता है और उनमें से सभी गुंडों के रिश्तेदारों के यहां छापा मारते हैं जिससे कुछ गुंडे मिल जाते हैं उन गुंडों का एनकाउंटर कर दिया जाता है इसके बाद सीएम भारत सीएम धर्मवीर की जानकारी निकालने के लिए जितने भी हैकिंग टूल्स रहते हैं उनकी मदद लेता है लेकिन उसकी लोकेशन ट्रैक नहीं कर पाते क्योंकि सीएम धर्मवीर ने सभी बीआईपी हैकर्स को अपनी लैब में कैद करके रखा था और वह सभी हैकर से अपनी मर्जी से किसी भी व्यक्ति के डिवाइस को हैक करके उसे ब्लैकमेल करते थे इस बात का फायदा उठाकर धर्मवीर फाइंडिंग करके और अमीर बनता जा रहा था इधर सीएम भारत को कुछ भी समझ में नहीं आ रहा उस धर्मवीर की लोकेशन ट्रैक क्यों नहीं कर पा रहे हैं इसके बाद सीएम भारत अपने गुरु रजत ग्रोवर को फोन लगाता है और रजत ग्रोवर से बात होती है और सारा मामला सुनाता है रजत ग्रोवर फिर अपनी प्यारी काली मशीन को ओपन करता है पाइथन की मदद ब आईपी एड्रेस ब सर्वर कि मदद से सारे हैकर्स की लोकेशन का पता लगाता है और सीएम भारत को बताता है कि उनका अड्डा नटेरन क्षेत्र के बजीरामील में हैं इसके बाद सीएम नटेरन क्षेत्र के बजीरा मील पर छापामार कार्रवाई होती है और सभी हैकर्स को मुक्त कराया जाता है .,

इसके बाद धर्मवीर भेष बदलकर विदिशा क्षेत्र की गलियों में भीख मांगने का काम करने लगता है तथा वह इंतजार करता है उसके सीएम पद से हटने का क्योंकि नया सीएम ने उसके सारे अड्डे व नेटवर्क को पूरी तरह से बर्बाद कर दिया था उधर सीएम पूर्व सीएम धर्मवीर के बारे में सारी जानकारी निकालता है

और सारे बुरे धंधों में इंवॉल्व होने का सबूत मीडिया को देता है और धर्मवीर का नाम पता बताने वाले व्यक्ति को करोड़ों रुपए का इनाम घोषित करता है तथा उसके धर्मवीर के पास जितने भी संपत्ति होती है उसे कुर्क कर ली जाती है अब धर्मवीर पूरी तरह से बर्बाद हो चुका था पूरे एक महीना गुजर जाने के बाद सीएम भारत सिंह अपने पद से इस्तीफा देता है और वह शिवाय के साथ घर के लिए निकलता है तो उसे रास्ते में एक लड़की मिलती है जो बुरी तरह से घायल होती है उस लड़की को जैसे ही उठाने के लिए भारत व शिवाय पहुंचते हैं तभी कुछ आदमखोर इंसान हमला कर देते हैं जिससे भारत व शिवाय बुरी तरह से घायल हो जाते हैं वह उस लड़की को उठा कर जंगल में ले जाते हैं इधर भारत बोलता है हमें उस लड़की को किसी भी हाल में सुरक्षित उन आदमखोर इंसानों से बचाना है तब शिवाय बोलता है वह आदमखोर बड़े ही शक्तिशाली हैं तथा वह अभी तक उस लड़की का शिकार कर चुके होंगे लेकिन भारत बोलता है हमें किसी भी तरह उस लड़की को बचाना है शिवाय बोलता है ठीक है तो हम उस लड़की को ही बचाएंगे शिवाय अपनी वह शक्ति को जागृत करता है और वह पूर्ण रूप से ठीक हो जाता है तथा अपने आका भारत को भी ऊर्जा शक्ति से ठीक कर देता है फिर वह दोनों जंगल की ओर जाते हैं और भी जंगल में उस लड़की को देखते हैं तो वह दोनों देख कर घबरा जाते हैं वह लड़की भी आदमखोरों की तरह बन गई हैं और वह सभी आदमखोर मनुष्य आपस में बोलते हैं हमें अब सारे शहर को आदमखोर बनाना है और हमारी संख्या को ज्यादा से ज्यादा विकसित करना है तथा वह सभी आदमखोर शहर की तरह तरफ बढ़ते हैं वह संख्या में इतने होते हैं की उनका मुकाबला करने के लिए काफी लोगों की आवश्यकता पड़ती है इसके बाद भारत फोन को निकालता है और अपनी सेक्रेटरी को फोन लगाता और वह सारा हाल सुनाता है सेक्रेटरी तुरंत ही राज्यपाल को सारा मामला सुनाती है राजपाल आदेश देता है कि उस जंगल को चारों तरफ से घेर लिया जाए जिससे जो भी आदमखोर इंसान शहर की तरफ आए उसे तुरंत ही गोलियों से छलनी कर दिया जाए भारत और शिवाय शहर की तरफ तेजी से बढ़ते हैं तथा पास के थाने में आंखों देखा हाल सुनाते हैं लेकिन कोई भी पुलिस वाला विश्वास नहीं करता है और थाना इंचार्ज भारत को बोलता है कि तुम सीएम पद से इस्तीफा देने के बाद पागल हो गए हो इस दुनिया में आदमखोर पूरी तरह से खत्म हो गए हैं और दोनों को थाने से निकाल देते हैं शिवाय बोलता है आदिमखोर का मुकाबला करने के

लिए हमें आधुनिक हत्यारों की जरूरत पड़ेगी और हत्यार को चुराने के लिए मिलिट्री कैंप में प्रवेश करते हैं तथा वहां से कई अधिकारियों को अपने वश में करके उनको जंगल की ओर रवाना कर देते हैं इधर आदमखोर थाने में घुसकर सभी पुलिस वालों का शिकार करके उन्हें भी आदमखोर बना देते हैं तथा भारत छत के ऊपर चढ़कर अपनी जान बचाता है लेकिन एक आदमखोर पुलिसवाला उस पर भी पहुंच जाता है लेकिन भारत उसके ऊपर पानी डालता है जिससे आदमखोर डर जाता है और वह छत से गिरकर सबको बताता है कि ऊपर भी एक इंसान है इधर भारत मोटर चालू करके पानी की उन सब के ऊपर पानी डालना स्टार्ट कर देता है,

जिससे सारे आदमखोर पीछे हट जाते हैं उधर मिलिट्री कैंप से बहुत सारे सिपाही और फौजी आ जाते हैं तथा एक एक आदमखोर का शिकार करते चले जाते हैं और उनके साथ साथ शिवाय भी शिकार करता हुआ जाता है इधर भारत छत से यह नजारा देखता है और वह शिवाय को आवाज देता है कि भाई मुझे भी अपने साथ ले चलो शिवाय तुरंत अपने आका की आवाज सुनकर भारत के पास आता है और अपने आका को भी अपने साथ लेकर जाता है इधर शिकार करते - करते जंगल में एक लैब मिलती है उस लैब में से आदमखोर निकलते हैं तथा उस लैब को चारों ओर से घेर लेते हैं और सभी आदमखोर को ढेर कर देते हैं जैसे उस लैब के अंदर पहुंचते हैं तो उस लैब में कुछ वैज्ञानिक मिलते हैं जिनका अपहरण 20 - 25 साल पहले हो चुका था वह सभी वैज्ञानिक बताते हैं कि हमारा अपहरण धर्मवीर ने किया था और वह हमसे रिसर्च करवा रहा था कि कैसे इंसानों को आदमखोर भेड़िया बनाया जाए फिर हमने अपनी जान बचाने के लिए ऐसे फॉर्मूला का अविष्कार किया जिससे किसी मनुष्य को आदमखोर भेड़िया बनाया जा सके यह उपलब्धि हासिल की इसके बाद धर्मवीर ने हमें आदेश दिया की सभी भेड़ियों को शहर की तरफ भेज दिया जाए फिर हमने एक-एक करके सारे भेड़ियों को शहर की तरफ भेजना शुरू कर दिया लेकिन कुछ भेड़ियों ने हमारे लिए भी मुसीबत खड़ी कर दी और हमें काट लिया जिससे कुछ समय बाद हम भी भेड़िया में परिवर्तित हो जाएंगे इतना सुनते ही सभी मिलिट्री वालों ने उन वैज्ञानिक को भी गोलियों से भून दिया आप उस लैब को भी नष्ट करने के लिए उसमें बम मिसाइल लगा दिए जिससे वह मिसाइल भी पूरी तरह से नष्ट हो जाए उसका फार्मूला भी और सभी जंगल से बाहर आ जाते हैं तथा उस लैब को ब्लास्ट

कर देते हैं फिर भारत राज्यपाल को फोन लगाकर सारा हाल सुनाता है तथा सीएम धर्मवीर के बारे में बताता है कि जितने भी वैज्ञानिक थे सब धर्मवीर ने किडनैप करवाए थे इसके बाद राज्यपाल आधिकारिक घोषणा करते हैं कि जो भी धर्मवीर को मुर्दा या जिंदा पकड़वाएगा उसे पुरस्कार से नवाजा जाएगा इसके बाद धर्मवीर के बारे में छानबीन तेजी से शुरू हो जाती है फिर भारत शिवाय से बोलता है कि तुम देख कर बताओ इस समय वह कहां है शिवाय आंख बंद करके देखता है और बोलता है कि वह इस समय विदिशा की गलियों में भिखारी बनकर घूम रहा है इसके बाद भारत पुलिस के साथ उस भिकारी को पकड़ते हैं जैसे ही पुलिस भिखारी को थाने ले जाने के लिए जीप में बैठाती है तो वह भिखारी है पुलिस वालों को मारकर आत्महत्या कर लेता है इसके बाद उस धर्म वीर की कहानी खत्म हो जाती है फिर भारत और शिवाय वापस अपने घर आते हैं वहां पर देखते हैं कि उसके घर के अंदर कई आदमखोर भेड़िया बैठे हुए हैं वह भेड़िया जैसे ही भारत और शिवाय को देखते हैं तो उन पर हमला कर देते हैं हमला होते ही भारत और शिवाय बच कर निकल जाते हैं लेकिन गांव में पहुंचते हैं तो सारे गांव वाले भी आदमखोर भेड़िया बन चुके थे और वह धीरे-धीरे करके सारे राज्य में एक के बाद एक आदमखोर भेड़िया बनते जा रहे थे यह बड़ा ही चिंता का विषय था शिवाय से भारत पूछता है आखिर इन भेड़ियों का इलाज कैसे किया जा सकता है भारत बोलता है इनका एंटीडोट केवल उस धर्मवीर के पास था उसने आत्महत्या कर ली लेकिन इसके अलावा भी किसी ना किसी के पास इसका एंटीडोट होगा आधिकारिक रूप से घोषणा हो जाती है की इस राज्य के जितने भी व्यक्ति हैं आदमखोर भेड़िया बन चुके हैं कोई भी उस राज्य की सीमा में नहीं जाएगा तथा जो भी इस राज्य की सीमा से बाहर जाने के लिए आता है उसे तुरंत गोली मार दी जाएगी और पूरे राज्य की सीमा के बाहर पुलिस मिलिट्री फोर्स लगा दी जाती है इधर भारत और शिवाय तुरंत ही राज्य की सीमा से निकलते हैं और वह हिमालय की गुफा में पहुंच जाते हैं जहां पर राधे रूकती है जैसे ही राधे देखती है की शिवाय और भारत आए हैं उनके लिए चुटकी बजाते टेबल कुर्सी आ जाती हैं और उन पर वह बैठ जाते हैं उन दोनों को चिंतित देखकर राधे बोलती है सब ठीक है तब शिवाय बोलता है कुछ भी ठीक नहीं है क्योंकि आदमखोर भेड़िया पूरे राज्य में आ चुके हैं तथा जो भी मनुष्य उनके संपर्क में आता है वह भी आदमखोर भेड़िया बन जाता है राधे बोलती है इसका एक ही इलाज है उनको

यदि मिस्र की रानी क्लियोपैट्रा तब शिवाय बोलता है यह क्लियोपैट्रा कौन है तथा उसका संबंध आदमखोर भेड़िया से कैसे हो सकता है तब राधे बोलती है यह मिस्र की रानी क्लियोपैट्रा जिसने मरते समय अपनी आखिरी इच्छा को पूरा करते हुए अपने शरीर को नंग अवस्था में सांपों से डसबा लिया था जिसकी वजह से उसका सारा शरीर ऐसा हो गया कि यदि कोई भी उस शरीर के साथ उसके अंग को कोई भी छुएगा तो उस शरीर के इंफेक्शन से किसी भी बीमारी का इलाज संभव हो सकता है क्योंकि जिन सांपों ने उनको काटा था वह सतयुग में गंधर्व राज केतु के पुत्र थे और उनको यह वरदान था कि यदि वह किसी भी व्यक्ति को छू लेंगे तो उनकी सारी बीमारी हमेशा के लिए खत्म हो जाएगी इसके बाद गंधर्व राज के पुत्र इस ब्रह्मांड में हर व्यक्ति को छूने लगे जिससे प्रत्येक प्राणी स्वस्थ होने लगा और मृत्यु के मुख्य में नहीं आया जिसके चलते इस संसार में ब्रह्मांड में यमलोक का द्वार व पाप पुण्य का संतुलन बिगड़ने लगा पाप पुण्य का संतुलन बिगड़ने से इस ब्रह्मांड में उथल-पुथल होने लगी तथा परम पिता ब्रह्मा जी ने इसका उपाय सोचा और उस वरदान को विफल बनाने के लिए मोहिनी अवतार श्री हरि के पास गए इसके बाद श्री हरि ने उस गंधर्व राज केतु के पुत्रों को एक ऐसे महल का निर्माण कराया जिसमें वह गंधर्व राज के पुत्र उस महल से कभी बाहर ही ना निकल पाए गंधर्व राज केतु अपने पुत्रों के न लौटने पर वह बड़ा ही दुखित हुआ और सोचने लगा कि मेरे पुत्र आखिर इस ब्रह्मांड में कहां विलीन हो गए इसके बाद वह गुरु शुक्राचार्य के पास पहुंचे गुरु शुक्राचार्य ने एक उपाय बताया तुम्हारे पुत्र लौट सकते हैं लेकिन वह जिस अवस्था में गए हैं उस अवस्था में उनका लौटना असंभव है क्योंकि श्री हरि के द्वारा उस महल का निर्माण किया गया है जिस महल में आपके पुत्र निवास कर रहे हैं क्योंकि उस महल का मोह भंग कभी नहीं हो सकता हा यदि उस महल में उनकी मृत्यु हो जाती है तो वह वापस आ सकते हैं और उनकी आत्मा को मैं किसी भी शरीर में डाल सकता हूं.!

अपने तपोबल के द्वारा फिर गंधर्व राज केतु अपने गुरु से बोलते हैं इस तरह तो वह मृत्यु को प्राप्त हो जाएंगे तब शुक्राचार्य बोलते हैं और यदि उनकी मृत्यु नहीं होती है तो इस ब्रह्मांड में उस महल के साथ वह हमेशा विचरण करते रहेंगे और कभी भी ब्रह्मांड की सुख-सुविधाओं का लाभ नहीं ले पाएंगे क्योंकि वह उस महल में हमेशा के लिए कैद हो गए हैं और ना ही उस महल से आजाद हो पाएंगे

क्योंकि वह महल में केवल आत्मा ही आ सकती है और जा सकती है इसके बाद गंधर्व राज बोलते हैं मैं उनको एक बार देखना चाहता हूं तब शुक्राचार्य बोलते हैं उस महल में केवल आत्मा के अलावा और कोई प्रवेश नहीं कर सकता तब अपने गुरु से गंधर्व राज विनती करते हैं की मुझे अपने पुत्रों को एक बार देखना है यदि वह उस महल में सुखी अवस्था में रह रहे हो होंगे तो मुझे किसी भी प्रकार से उन्हें मृत्यु के मुख्य में पहुंचाना अच्छा नहीं रहेगा तब गंधर्व राज से शुक्राचार्य बोलते हैं उस महल का हाल यह है कोई भी उस महल में एक बार प्रवेश कर जाता है तो फिर वह उसका शरीर वापस कभी नहीं आ सकता क्योंकि वह महल का नाम कल्पना है और जो भी कल्पना में खो जाता है वह मृत्यु से भी बेकार उसका शरीर हो जाता है क्योंकि जिस व्यक्ति की सारी इंद्रियां बंद हो जाती हैं और सिर्फ अपनी कल्पना में खो जाता है वह व्यक्ति अपने शरीर का उपयोग नहीं करता क्योंकि वह केवल अपने दिमाग से सिर्फ कल्पना ही करता रहता है और अपने शरीर का किसी भी तरह से इस्तेमाल नहीं करता बा उसकी बुद्धि को उस महल में बंदी बना ली जाती है जो आने वाले समय में उस इंसान को पागल कहेंगे क्योंकि उस महल में उसकी बुद्धि को कैद कर लिया जाता है और आपके पुत्रों को भी श्रीहरि द्वारा रचित कल्पना महल में कैद कर दिया गया है इसके बाद गंधर्व राज बोलते हैं मुझे एक बार अपने पुत्रों को देखना है शुक्राचार्य बोलते हैं ठीक है उसके लिए तुम्हें मरना होगा यह बात सुनकर गंधर्व राज घबरा जाते हैं तथा गंधर्व राज गुरु शुक्राचार्य से बोलते हैं इसके अलावा और कोई उपाय है क्या तब शुक्राचार्य बोलते हैं हां तुम योग विद्या के द्वारा अपने पुत्रों को देख सकते हो इसके बाद गंधर्व राज योग विद्या के द्वारा अपने पुत्रों को देखने के लिए कल्पना महल में प्रवेश करते हैं और देख कर उनको बड़ा ही आश्चर्य व बहुत ही दुख होता है वापस आकर अपने गुरु को बताते हैं हे गुरुदेव उनकी यह अवस्था इतनी भयानक श्री हरि ने क्यों कर दी तब गुरु शुक्राचार्य बोलते हैं उन्होंने पाप और पुण्य का बैलेंस को खराब कर दिया जिनकी मृत्यु होनी थी उनकी मृत्यु को टाल दिया है जिससे समय चक्र बदल गया उस समय चक्र को सुधारने के लिए श्री हरि ने आपके पुत्र को उस कल्पना महल में कैद कर दिया इसके अलावा और कोई उपाय नहीं था इसके बाद गंधर्व राज बोलते हैं उन्हें इस दशा में देखकर मुझे घोर पीड़ा महसूस हो रही है अतः आपसे पुनः विनती करता हूं कि उन्हें मृत्यु प्राप्त कैसे होगी तब शुक्राचार्य बोलते हैं उन्हें मृत्यु तो प्राप्त हो जाएगी लेकिन

वह शरीर का त्याग करने के लिए उन्हें उस कल्पना महल से निकलना अति आवश्यक होगा यदि वह उस कल्पना महल से बाहर नहीं निकलेंगे तो उन्हें मृत्यु किसी भी दशा में प्राप्त नहीं होगी तब गुरु शुक्राचार्य से गंधर्व राज फिर बोलते हैं आप उनकी मृत्यु का उपाय बताइए तब गंधर्व राज से शुक्राचार्य बोलते हैं यदि उनकी मृत्यु चाहते हो तो उसे महल में आपको विषैला नाग भेजना होगा जिसके डसते उनकी मृत्यु हो जाए इसके बाद जहर से भरा हुआ एक नाग देवता का निर्माण शुक्राचार्य अपने हवन द्वारा करते हैं और उसे आदेश देते हैं कि वह कल्पना महल में जाकर गंधर्व राज के पुत्रों को अपने विष के द्वारा मृत्यु लोक में उनकी आत्मा को पहुंचाएं इसके बाद वह नागराज कल्पना महल में पहुंचकर उनके पुत्रों को डस लेता है जिससे उनकी मृत्यु हो जाती है लेकिन ब्रह्मा जी के वरदान के अनुसार वह सुरक्षित रहते है उन पर जहर का असर नहीं होता यह देखकर गंधर्व राज नागराज आश्चर्यचकित हो जाते हैं और मन में सोचते हैं मेरे जहर से उस परमपिता के अलावा कोई भी जीवित नहीं बचा यह गंधर्व राज के पुत्र जीवित कैसे रह गए तब आकाशवाणी होती है और नागराज से आकाशवाणी कहती है इनकी मृत्यु कभी नहीं हो सकती है क्योंकि ब्रह्मा जी का वरदान है यह किसी भी प्राणी को छुए आएंगे वह पूर्ण रूप से स्वस्थ हो जाएगा तब नागराज बोलते हैं तब तो इन दोनों को स्वस्थ हो जाना चाहिए था क्योंकि वह एक दूसरे को आपस में पकड़े हुए हैं तब आकाशवाणी बोलती है यह शारीरिक रूप से तो उस स्वस्थ हैं लेकिन बुद्धि रूप से यह स्वस्थ नहीं है क्योंकि इनकी बुद्धि को कल्पना महल में कैद करके रखा है तब नागराज बोलते हैं फिर इनकी मृत्यु कैसे हो सकती है तब आकाशवाणी बोलती है इनकी मृत्यु यदि करना है आपको तो इनकी आत्मा को अपने शरीर में समाहित करनी होगी इसके बाद ही इनको इनके शरीर से इनकी आत्मा को मुक्ति मिल सकती है अन्यथा यह कभी भी कल्पना महल से नहीं निकल सकते तब नागराज बोलते हैं मैं ऐसा ही करूंगा .!

इसके बाद आकाशवाणी बंद हो जाती है फिर नागराज देवी वरदान के अनुसार उनकी शरीर में इतना जहर घोल देते हैं जिससे उनके शरीर में जहर दौड़ने लगता है तथा उनकी आत्मा को अपने शरीर में है प्रवेश करने के लिए विवश कर देते हैं नागराज के पुत्रों की आत्मा के प्रवेश करते ही वह उस कल्पना महल से निकल जाते हैं तथा उनके शरीर को नष्ट करने के लिए वह अग्निकुंड का निर्माण करते हैं तथा उनके शरीर को अग्नि में समाहित कर देते हैं जिससे उनका शरीर

जलकर राख हो जाता है उधर उनकी आत्मा उस नागराज के शरीर में प्रवेश लेते हैं जिससे नागराज की आत्मा भी परलोक सुधार जाती है तथा वह नागराज पृथ्वी पर विचरण करने के लिए आ जाते हैं और वह सोचते हैं इस शरीर से हमारे लिए किस तरह से मुक्ति मिलेगी और वह विचरण करते करते मिश्र के पिंड में पहुंच जाते हैं जहां पर उनके लिए पिरामिड का निर्माण गंधर्व राज करते हैं तथा उन पिरामिड मैं वह नागराज निवास करने लगते हैं इसके बाद हजारों सालों के सफर करने के बाद वहां की रानी क्लियोपेट्रा कि अंतिम इच्छा के लिए वह नागराज नग्न अवस्था में क्लियोपैट्रा को डस लेते हैं जिससे रानी क्लियोपेट्रा की मृत्यु हो जाती है तथा रानी क्लियोपेट्रा का शरीर एक मम्मी के रूप में सुरक्षित रखा है तथा उस मम्मी को जो भी छू लेगा वह पूर्ण रूप से स्वस्थ हो जाएगा क्योंकि उन दोनों नागराज का निवास अब उस मम्मी के अंदर है तब शिवाय बोलता है यह कैसे संभव हो सकता है नाग राज तो उस पिरामिण्ड में निवास कर रहे हैं तब राधे बोलती है मेरे दादाजी मुझसे कहते थे कि वह नागराज को निवास करने के लिए उस पिरामिंड में नागराज निवास तो कर रहे थे लेकिन उन्हें जीवित रहने के लिए भोजन की आवश्यकता थी जो रानी क्लियोपेट्रा को वरदान था कि उससे कभी भी भूख प्यास नहीं लगेगी इसलिए रानी क्लियोपेट्रा के शरीर में जाकर निवास करने लगे तब वहां के राजगुरु नोट रासोटा को पता चला की नागराज उस रानी क्लियोपैट्रा के शरीर में निवास करने लगे तो राजगुरु नोट रासोटा रानी के शरीर को निकाल कर किसी ऐसी जगह में रख दिया जहा पर पांच पिरामिंड थे तथा अपनी जादुई शक्ति के द्वारा कई पिरामिंड का निर्माण भी कर दिया भारत राधे से पूछता है कि फिर रानी क्लियोपेट्रा के शरीर में निवास करते थे तो वह तो एक के मम्मी के रूप में दफन कर दी थी फिर राजगुरु को क्या जरूरत पड़ी थी और पिरामिंड कि जो जादुई शक्ति से बनाएं तब राधे बोलती है उस जमाने में वहां के कुछ पागल लोग मुर्दों से योन सम्बंध बनाते थे इसलिए राजगुरु ने अपने ज्ञान से व योग विद्या के द्वारा देखा की रानी के मृत शरीर से कई लोगों ने शारीरिक संबंध बनाए इसलिए राजगुरु को उनके शरीर को किसी ऐसी जगह रखना सुरक्षित था जिससे उस रानी की मर्यादा को भंग किया ना जा सके इसलिए रानी क्लियोपेट्रा की मम्मी को उठाकर किसी पिरामिंड में छुपा दिया है फिर शिवाय बोलता है उस मम्मी को यदि हम खोज लेंगे तो उस मम्मी को जितने भी आदमखोर भेड़िया हैं उन सब का स्पर्श कराने से वह फिर

से मनुष्य बन जाएंगे क्या ?

राधे बोलती है हां बिल्कुल सही कहा भाई आपने वह फिर से मनुष्य बन जाएंगे क्योंकि इस समय नागराज उस रानी के शरीर में निवास कर रहे हैं इसके बाद भारत बोलता है वाकई में यह दुनिया रहस्यों से भरी पड़ी है इसलिए इतने सारे पिरामिड मिस्र में दिखाई देते हैं !

लेकिन हम कैसे पता करेंगे कि मिस्र में इतने सारे पिंड हैं उनमें से कौन सा रानी क्लियोपेट्रा की मम्मी दफन है तब राधे बोलती है उसका भी एक उपाय हैं यदि मारवाड़ी का फूल मिल जाए तो हम उस फूल की मदद से यह देख सकते हैं जिससे रानी कि मम्मी किस पिंड में दफन है फिर भारत बोलता है मारवाड़ी का फूल कहां मिलेगा राधे बोलती है वह फूल इस समय ट्रायंगल समुद्र मैं मिलेगा जहां पर जो भी एक बार जाता है वह वापस नहीं आ पाता क्योंकि उस समुद्र का वातावरण ही ऐसा है कि उस ट्रायंगल एरिया में जो भी जाएगा वह ट्रायंगल उसे अपने अंदर समाहित कर लेता है जिससे वापस आना असंभव होता है लेकिन भारत बोलता है हम उस ट्रायंगल एरिया में जाएंगे जहां पर यह फूल मिलेगा तब राधे बोलती है ठीक है वहां पर जाने के लिए तुम्हें वह जादुई कालीन की जरूरत पड़ेगी जो तुम्हें उस ट्रायंगल एरिया से निकलने में काफी मदद करेगी तब भारत बोलता है इस जादुई कालीन कहां मिलेगी शिवाय बोलता है यह जादुई कालीन हमारे लिए प्राप्त हुई थी लेकिन उसने यह कहकर मना कर दिया कि मैं खुद ही मेरे आका का चुनाव करूंगी इसके बाद शिवाय बोलता है मैं उसे तत्काल यहां पर ला सकता हूं भले ही मैं उसका आका नहीं हूं लेकिन उससे ज्यादा शक्तिशाली हूं तब भारत बोलता है तो देर मत करो तुरंत ही उस जादुई कालीन को यहां पर लेकर आओ जिससे हम ट्रायंगल एरिया में जाकर मारवाड़ी का फूल ला सकें इसके बाद शिवाय तुरंत ही जादुई कालीन के पास पहुंचता है और उसे जबरदस्ती अपने साथ लाता है जैसे ही भारत उस जादुई कालीन को छूता है तो वह जादुई कालीन बोलती है, हे मेरे आका मैं आपकी गुलाम जादुई कालीन आपकी सेवा में हूं आप मुझे आज्ञा दें मुझे क्या करना है यह देखकर शिवाय और राधे आश्चर्यचकित हो जाते हैं क्योंकि उस जादुई कालीन ने किसी इंसान को अपना पहला आका बनाया है तब राधे उस जादुई कालीन से पूछती है ऐसा क्या है इस साधारण मनुष्य में जो इसके आगे नतमस्तक होकर गुलाम बन गए हो तब

जादुई कालीन बोलती है यह मेरे आका बड़े ही शक्तिशाली हैं और इन्होंने ही मेरा निर्माण किया था लेकिन तब शिवाय बोलता है यह है कैसे संभव हो सकता है तब जादुई कालीन बोलती है आज से लगभग 15000 साल पहले यह है जादू शक्तियों से परिपूर्ण थे तथा कई ऐसे आविष्कार किए जिनकी मानव कल्पना भी नहीं कर सकता था तथा इन्हीं की वजह से आज इस युग में यह मनुष्य इतनी टेक्नोलॉजी से संपन्न है तब शिवाय बोलता है तभी तो मुझे मेरे आका के अंदर कई खूबियां नजर आती हैं राधे बोलती है वाकई में कमाल के हैं आपके आका आज से मैं भी आपके आका को अपना आका बनाती हूं इसके बाद भारत बोलता है ठीक है अब हमें उस मारवाड़ी का फूल लाना है तब जादुई कालीन सुनकर बोलती है यह काम मुझसे नहीं होगा क्योंकि एक बार उस जगह गई थी जहां से बड़ी मुश्किल से आजाद हो कर पाई हूं तब भारत बोलता है तुम उस जगह जा चुकी है वह जादुई कालीन बोलती है हां आज से लगभग 13000 साल पहले वहां पर मैं गई थी उस मारवाड़ी का फूल लाने के लिए लेकिन बिना फूल के वापस आना पड़ा था राधे बोलती है ऐसा क्यों तब जादुई कालीन बोलती है उस ट्रायंगल में एक बार जो भी जाता है मैं वहां पर चुंबकीय क्षेत्र इतना ज्यादा है की उस ट्रायंगल में फस कर रह जाता है और वहां से निकलना असंभव हो जाता है फिर भारत बोलता है तुम वहां से कैसे निकले तब जादुई कालीन बोलती है वहां से निकलने के लिए मैंने उस ट्रायंगल की चुंबकीय तरंगों को कुछ समय के लिए क्षीण कर दिया था तथा उसी समय में मैं निकल पाई लेकिन चुंबकीय तरंगों को 90 सेकंड से ज्यादा क्षीण नही किया जा सकता है तब भारत बोलता है 90 सेकंड हमारे लिए पर्याप्त हैं क्योंकि शिवाय पूरे 60 सेकंड में इस पृथ्वी का चक्कर लगा सकता है और तुम भी जादुई करिश्मे से कम नहीं हो इसलिए अब हमें इंसानों को बचाने के लिए हमें ट्रायंगल एरिया में चलना होगा उसके लिए हमें समुद्री रास्ते का सहारा लेना होगा इसके बाद भारत और शिवाय उस जादुई कालीन पर सवार हो जाते हैं लेकिन राधे बोलती है मुझे भी उस ट्रायंगल में जाना है भारत राधे से बोलता है नहीं हम नहीं चाहते की आप किसी भी संकट में पढ़ो इसलिए आप भी यही रह कर हमारा इंतजार करो लेकिन राधे बोलती है मैं आपके कुछ ना कुछ काम आ जाऊंगी इसलिए आपके साथ चलना चाहिए शिवाय बोलता है ठीक है साथ चलो इसके बाद राधे शिवाय भारत उस जादुई कालीन पर सवार हो जाते हैं और तीनों समुद्री रास्ते के ऊपर से उड़ते हुए जाते हैं समुद्र का नजारा देखकर

भारत बड़ा ही प्रसन्न होता है और बोलता है ऐसी जन्नत वह नजारा कम ही लोगों को देखने को मिलते हैं !

जैसे ही बरमूडा एंगल समुद्र में प्रवेश करते हैं तो उस जादुई कालीन बहुत ही तेज गति से कंपन करने लगती है तब राधे बोलती है यह जादुई कालीन को क्या हो रहा है इसके बाद जादुई कालीन बोलती है मुझे कोई तीव्र गति से अपनी ओर खींच रहा है तब भारत बोलता है आखिर वह कौन सी चीज है जो अपनी ओर खींच रही है इसके बाद जादुई कालीन के साथ भारत शिवाय और राधे बरमूडा एंगल के बीच कॉर्नर में पहुंच जाते हैं जहां पर 40, 50 फिट के ऊपर समुद्री लहरें उठ रही है तथा बीच में एक कुआं नजर आता है उस कुएं में वह सभी जादुई कालीन के साथ खींचे चले जाते हैं वहां पर देखते हैं एक दिव्यमणि चमक रही है तथा वह अपनी ओर सभी को खींच रही है ऐसा सभी महसूस करते हैं और उस मणि के पास पहुंचते हैं तो वह मणि की रोशनी इतनी गजब की होती है की उस दिव्य मणि को देख पाना मुश्किल होता है तब शिवाय अपनी जादुई शक्ति के द्वारा उस मणि को जैसे ही स्पर्श करने के लिए अपना हाथ बढ़ाता है तभी भयंकर गर्जना होती है बिजली चारों तरफ गिरने लगती है तथा समुद्र की लहर हजारों फीट ऊपर नीचे होने लगती है तथा वहां का मौसम इतना भयानक हो जाता है और हवाएं तीव्र गति से गर्जना करने लगती हैं यह देख कर सभी डर जाते हैं तथा फिर वहां पर एक वानर प्रकट होता है यह देख कर सभी और डर जाते हैं लेकिन भारत समझ जाता है यह साक्षात श्री मारुति है तथा नतमस्तक होकर भगवान श्री हनुमान जी की स्तुति करने लगते हैं तब जाकर वानर शांत होता है इसके बाद उस दिव्य मणि को प्रणाम करके आगे बढ़ते हैं तब पीछे देखते हैं तो वह दिव्य मणि ब वानर अदृश्य हो जाते हैं इसके बाद वहां का मौसम बिल्कुल शांत और सुहावना हो जाता है जैसे ही थोड़ी और आगे बढ़ते हैं वहां पर एक पर्वत दिखाई देता है उस पर्वत को देखकर ऐसा प्रतीत होता है जैसे कि सारे देवताओं ने मिलकर एक भव्य महल बनाया हो जैसे उस पर्वत पर पहुंचते हैं तो वहां पर उससे भी घोर गर्जना होने लगती है और वहां पर कुछ अंगरक्षक प्रकट होकर कहते हैं यहां से चले जाओ अन्यथा कोई भी जिंदा नहीं बचेगा यह सुनकर राधे बोलती है हम आपके लिए कोई संकट खड़ा नहीं करेंगे बल्कि इस समय मानव दुनिया खतरे में है हम केवल मारवाड़ी का फूल लेने आए हैं यदि वह फूल लेकर जाते हैं तो इस मानव जाति को संभव हम बचा सकते हैं यह सुनकर एक

दिव्य आत्मा प्रकट होता है और वह बोलता है आखिर उस फूल की क्या आवश्यकता आ गई तब भारत सारा हाल उस महात्मा को बताता है इसके बाद वह महात्मा बोलते हैं उस मारवाड़ी के फूल को ले जाना इतना आसान काम नहीं है क्योंकि उस मारवाड़ी फूल में दिव्य शक्तियां निवास करती हैं तथा उन शक्तियों का भार आप में से कोई भी नहीं उठा सकता इसके बाद भारत बोलता है अगर मानव जाति को बचाने के लिए मुझे अपने प्राणों की आहुति भी क्यों न देनी पड़े तो भी उस मारवाड़ी फूल को हम लेकर जाएंगे यह सुनकर महात्मा बोलते हैं ठीक है इस पर्वत के उस मारवाड़ी का फूल मिलेगा लेकिन इतना ध्यान रखना जैसे ही उस फूल को प्राप्त करोगे तो तुरंत ही वहां से निकलना पड़ेगा क्योंकि वह फूल को उठाने मात्र से ही वहां पर उसकी रक्षा कर रहे नागराज व जल तरंग अपनी विकराल रूप में आकर घोर तबाही मचा देती हैं तथा जो भी प्राणी उस फूल की तरफ नजर भी डालता है उसका विनाश निश्चिंत कर देते हैं इसके बाद भारत बोलता है आपने हमारे लिए मार्गदर्शन दिया उसके लिए बहुत-बहुत धन्यवाद तब महात्मा कहते हैं यहां से निकलोगे तो यहां से लौटते समय भगवान शिव की दी हुई दिव्य मणि के दर्शन करके जरूर जाना तब राधे बोलती है कही वहीं तो दिव्य मणि तो नहीं है जिसके दर्शन करके आ रहे हैं तब महात्मा बोलते हैं क्या आपको वह रावण की दी हुई दिव्य मणि के दर्शन हो गए तब भारत बोलता है हां महात्मा जी दिव्य मणि के दर्शन पाने का हमें सौभाग्य प्राप्त हो गया है तब वह दिव्य महात्मा बोलते हैं इस सृष्टि में ऐसे दुर्लभ प्राणी कम ही मिलते हैं जो उस दिव्य मणि के दर्शन कर पाते हैं तथा उसकी रक्षा स्वयं श्री हनुमान जी कर रहे हैं इतना सुनकर भारत बोलता है हमें विश्वास नहीं हो रहा है कि इस कलयुग में भी हमने श्री हनुमान जी के दर्शन कर लिए हैं तब महात्मा बोलते हैं आप सभी बड़े भाग्यशाली हो जो कलयुग के राजा श्री हनुमान जी के दर्शन आपको प्राप्त हुए हैं इसके बाद महात्मा जी बोलते हैं मैं आपको एक गुप्त छड़ी दे रहा हूं जिसकी मदद से आप उस मारवाड़ी फूल को प्राप्त कर सकते हो लेकिन ध्यान रहे इस छड़ी का प्रयोग एक ही बार कर सकते हो इसके बाद इस छड़ी का जादुई असर खत्म हो जाएगा फिर महात्मा से जादुई छड़ी लेकर आगे बढ़ते हैं तब एक विशाल पर्वत उनका रास्ता रोक लेता है तब शिवाय बोलता है हे पर्वतराज आपने हमारा मार्ग क्यों अवरुद्ध किया है तब पर्वतराज बोलते हैं यदि आपको आगे का सफर तय करना है तो मेरे इस पर्वत पर निवास करने वाले

प्राणियों की रक्षा करनी होगी वह बड़े ही संकट में हैं इतना सुनकर भारत बोलता है पर्वतराज आप बताइए ऐसा कौन सा संकट आ गया है जिसकी वजह से आपके आश्रम में निवास करने वाले प्राणियों पर संकट है तब पर्वतराज बोलते हैं ,

यहां पर एक दैत्य आ गया है जो मेरे शरण में रह रहे प्राणियों को खा रहा है यदि तुम उस दैत्य का खात्मा कर दो तो मैं तुम्हें जाने का मार्ग दे सकता हूं अन्यथा आप सभी को किसी और रास्ते से जाना होगा शिवाय बोलता है भारत से हम सभी किसी और रास्ते चलते हैं पर भारत बोलता है रास्ता देखो शिवाय चारों ओर घूम जाता लेकिन रास्ता नहीं मिलता क्योंकि वह समुद्र पर्वतराज ने उन चारों तरफ से घेर लिया था अब उनके पास सिर्फ उस राक्षस का संघार करने के अलावा और कोई रास्ता नहीं था तब पर्वतराज से बोलते हैं आप उस दैत्य राक्षस का निवास बताइए कहां पर मिलेगा तब पर्वतराज बोलती हैं इस समय वह कुरुख शंख में निवास कर रहा है यदि तुम कुरुख शंख को नष्ट कर दो तो वह राक्षस भी नष्ट हो जाएगा इसके बाद जादुई कालीन से सभी उस कुरुख शंख के पास पहुंचते हैं फिर शिवाय राधे से बोलता है यदि यह बाहर निकल गया तो हम सब को भी अपने मुख के अंदर निगल लेगा और हम इसका स्वादिष्ट खाना बन जाएंगे तब राधे बोलती है यदि इस दैत्य को इसी शंख के अंदर जलाकर राख कर दें तो इसका निवाला बनने से हम बच सकते हैं इसके बाद शिवाय राधे से बोलता है तुम्हारा निर्माण अग्नि के द्वारा हुआ है इसलिए अपने सारे शरीर में अग्नि प्रज्वलित करके इस शंख को जला दो जिससे यह राक्षस भी जल जाएगा फिर राधे अपने शरीर में अग्नि को प्रज्वलित करके उस शंख को जला देती है तथा वह दानव भी जलकर नष्ट हो जाता है इसके बाद पर्वतराज जाने का मार्ग दे देता है इसके बाद जादुई कालीन के साथ उसी जगह पहुंचते हैं जहां पर मारवाड़ी का फूल खिला हुआ होता है फिर शिवाय बोलता है हमारे लिए उस फूल को तोड़ना सहज काम नहीं है तब भारत बोलता है जादुई कालीन से हमारे लिए ऐसा कुछ महसूस क्यों नहीं हो रहा है जिससे कोई संकट पैदा हो सके तब जादुई कालीन बोलती है जो छड़ हमारे पास है इस छड़ की वजह से किसी भी प्रकार का संकट महसूस नहीं हो रहा है लेकिन जैसे ही हम बरमूडा ट्राएंगल केंद्र में प्रवेश करेंगे तब तीव्र गति से वह अपनी ओर खींचेगा तथा अपनी गति लाख गुना तेज हो जाएगी इसके बाद जैसे केंद्र में प्रवेश करते हैं तो लाख गुना गति से उस केंद्र कि तरफ तेज़ी से चले जाते हैं तथा चुंबकीय क्षेत्र में पहुंच जाते हैं जैसे ही वह जादुई कालीन अपनी गति

को कंट्रोल करती है तब तक एक विशाल समुद्री डायनासोर खा जाता है तथा वह मारवाड़ी फूल को भी खा लेता और सभी उस डायनासोर के पेट में समाहित हो जाते हैं तब शिवाय उड़कर मारवाड़ी का फूल को पकड़ कर अपने आका को दे देता है इसके भारत छड़ी को निकालता है और उस छड़ी का प्रयोग करता है प्रयोग करते ही उस छड़ी से दैत्य का संघार हो जाता है इसके बाद पर्वतराज आगे जाने का मार्ग दे देते हैं और साथ ही में एक बात बताते हैं यदि तुम उस चुंबकीय क्षेत्र में सभी फंस जाएं तो उस क्षेत्र का ठीक दोपहर के समय चुंबकीय का आकर्षण शून्य हो जाता है और उसी समय आपको निकलना अनिवार्य रहेगा लेकिन शिवाय बोलता है अब हमें उस क्षेत्र में जाने की आवश्यकता नहीं है क्योंकि हमें सिर्फ मारवाड़ी का फूल प्राप्त करना था जो हमें प्राप्त हो गया है तब पर्वतराज बोलते हैं इस फूल के साथ तुम वापस इस समय लौट नहीं सकते क्योंकि इस फूल को वह क्षेत्र आकर्षण कर रहा है और हम सभी उस चुंबकीय क्षेत्र में आ चुके हैं यहां से निकलना है तो हमें दोपहर के समय का इंतजार करना होगा तथा यहां से निकल सकते हैं .

इसके बाद जादुई कालीन बोलती है आप सही कह रहे हैं पर्वतराज क्योंकि आज से करीब 13000 साल पहले मैं भी यहीं पर फस गई थी इस मारवाड़ी फूल के चक्कर में, मेरा निकलना बड़ा ही मुश्किल हो गया था हर समय में प्रयास करती रहती थी लेकिन नहीं निकल पाती थी लेकिन ठीक दोपहर के समय मैंने जोड़ की अंगड़ाई ली और पूरी शक्ति के साथ उड़ी इसके बाद मैं आजाद हो पाई तब शिवाय बोलता है अब हमारे लिए कोशिश करना बेकार होगा क्योंकि इसका चुंबकीय आवरण बड़ा ही आकर्षण का केंद्र है जो किसी भी चीज को अपनी ओर खींचने में सक्षम है तब पर्वतराज बोलते हैं अब आपको छोड़कर मैं जा रहा हूं और पर्वतराज अदृश्य हो जाते हैं यह देख कर सभी चौक जाते हैं क्योंकि मारवाड़ी का फूल भी पर्वतराज अपने साथ ले जाते हैं इधर जादुई कालीन बोलती है कि वह पर्वतराज मारवाड़ी का फूल अपने साथ ले गए तब राधे बोलती है कहीं ऐसा तो नहीं वह कोई माया हो या भ्रम हो जिसके चलते हम इस जगह में आकर फस गए हो तब शिवाय अपनी आंख बंद करके देखता है की पर्वतराज को किसी जादुई शक्ति ने निगल लिया है तथा मारवाड़ी का फूल अपनी जगह स्थापित हो गया है फिर शिवाय सभी को बताता है कि मारवाड़ी का फूल दक्षिण दिशा में सुरक्षित है और उसकी रक्षा करने के लिए कई प्रकार पहरेदार उसकी सुरक्षा में आ गए हैं !

जादुई कालीन बोलती है हमें उसी क्षेत्र में चलना होगा इसके बाद जैसे जादुई कालीन उड़ने के लिए कोशिश करती है तो वह उड़ नहीं पाती क्योंकि चुंबकीय आकर्षण के कारण वह कोई भी उड़ नहीं पाता इसके बाद राधे अपने शरीर में अग्नि प्रज्वलित करती है और चुंबकीय ताप को कुछ हद तक कम कर देती है जिससे जादुई कालीन उड़ने लगती है और उड़ते हुए मारवाड़ी का फूल जैसे हि शिवाय तोड़ता है तो एक गोल घेरा बनने लगता है इस गोल घेरे को देखकर सभी घबरा जाते हैं और शिवाय जादुई कालीन से बोलता है इस समय दोपहर का समय हो गया है हमें तुरंत यहां से निकलना होगा यदि हम इस घेरे के गोल घेरे के अंदर फस जाते हैं तो फिर कभी नहीं निकल पाएंगे इसके बाद जादुई कालीन अपनी तीव्र गति से उड़ने लगती है और शिवाय भी जादुई कालीन को खींचता उड़ता है जिससे उस गोल घेरे से निकल जाते हैं तथा सभी जादुई कालीन पर सवार होकर ट्रायंगल बरमूडा से निकलकर मिस्र के पिरामिंड क्षेत्र में पहुंचते हैं तथा मारवाड़ी का फूल निकालकर सभी पिरामिंड के सामने रखते हैं उस फूल में दिखाई देता है कि रानी क्लियोपैट्रा की मम्मी किस पिरामिंड में सुरक्षित रखी हुई है इसके बाद शिवाय जादुई खंजर से उस पिरामिंड को खोदना शुरू करता और मम्मी को निकाल लेते हैं जैसे ही मम्मी को शिवाय स्पर्श करने के लिए हाथ बढ़ाता है वैसे ही सारे पिरामिंड मिलकर एक हो जाते हैं और पत्थर का बहुत बड़ा राक्षस बनकर तैयार हो जाता है तथा वह सभी उन सभी पर हमला बोल देते हैं और हमला इतना जबरदस्त होता है की उनका मुकाबला ना शिवाय कर पाता है और ना राधे क्योंकि उन पर शिवाय का जादू काम नहीं करता है और ना ही राधे का फिर वह पत्थर का राक्षस भारत पर जोरदार अपने मुक्के से हमला करता है तो जादुई कालीन भारत को उस हमले से बचा लेती है इसके बाद जादुई कालीन को लपेट कर उस मम्मी को ले जाती है यह देख कर एक बवंडर पैदा होता है और आसमान में बिजली चमकने लगती है तथा जमीन फटने लगती है और वह बवंडर उस जादुई कालीन के पीछे लग जाता है इधर राधे और शिवाय उस पत्थर के राक्षस को मारने के लिए दोनों थोर के हथौड़े का आह्वान करते हैं इसके बाद थोर का हथौड़ा आ जाता है और फिर शिवाय उस हथौड़ी से उस पत्थर की राक्षस को टुकड़े-टुकड़े कर देता है और शिवाय बोलता है वह यह है थोर का हथोड़ा फिर वह पत्थर का राक्षस धीरे धीरे पत्थर को इकट्ठा करता है और फिर से पुनर्जीवित हो जाता है यह देख कर राधे बोलती है अब इस हथौड़े से केवल इसको

तोड़ा जा सकता है लेकिन इससे मौत के घाट उतारा नहीं जा सकता फिर शिवाय बोलता है आखिर इस पत्थर के राक्षस को किस तरीके से मारा जा सकता है भारत बोलता है इससे मारा नहीं जा सकता है लेकिन इससे इसी अवस्था में इसको डॉक्टर स्ट्रेंज के जादू से बांधा जा सकता है तब शिवाय बोलता है कि डॉक्टर स्ट्रेंज कौन हैं तब भारत बोलता है यह एक महान जादूगर है इसके जादू के आगे थानोस जैसा महान योद्धा को भी मिट्टी में मिला दिया है शिवाय बोलता है तो जल्दी से डॉक्टर स्ट्रेंज को बुलाओ फिर भारत बोलता है उसे बुलाने के लिए योग विद्या की जरूरत है जो मेरे पास नहीं है हां जादुई कालीन उसे बुला सकती है तब शिवाय बोलता जादुई कालीन तो उस मम्मी को लेकर निकल गई अब उसे कैसे बुला सकते हैं यदि जादुई कालीन को बुलाएंगे तो यह पत्थर का राक्षस उसे भी बांध देगा और मम्मी को अपने अंदर समाहित कर लेगा क्योंकि यह रानी क्लियोपेट्रा के गुरु का जादू है जो इतनी जल्दी नष्ट नहीं होगा इसे नष्ट करने के लिए डॉक्टर स्ट्रेंज का जादू पर्याप्त रहेगा इसके बाद शिवाय उड़ता हुआ जादुई कालीन के पास जाता है और बोलता है तुमको अमेरिका से डॉक्टर स्ट्रेंज को तुरंत यहां पर लाना होगा क्योंकि जादू से जादू को ही नष्ट किया जा सकता है !

जादुई कालीन बोलती है यह डॉक्टर स्ट्रेंज कौन है तब शिवाय बोलता है इतना समय नहीं है जल्दी से जाओ तब जादुई कालीन बोलती है ठीक है मैं डॉक्टर स्ट्रेंज को लेने जा रही हूं जब तक तुम इस मम्मी का ध्यान रखो और शिवाय को मम्मी देकर जादुई कालीन निकल जाती है इधर बवंडर तेजी से शिवाय के पीछे पड़ जाता तथा जहां से भी यह बवंडर गुजरता है वहां का रास्ता खंडहर में तब्दील हो जाता है तथा उस जगह का कोना-कोना नष्ट हो जाता है शिवाय फिर उस मम्मी को थार के रेगिस्तान में ले जाता है और वहीं पर उस बवंडर को घुमाता रहता है,

इधर जादुई कालीन डॉक्टर स्ट्रेंज के पास पहुंचती है और वह कहती आपको तुरंत ही हमारे साथ चलना होगा डॉक्टर स्ट्रेंज बोलता है तुम कौन हो जादुई कालीन बोलती है आप इतने महान जादूगर होकर आपको डर लग रहा है फिर डॉक्टर स्ट्रेंज तुरंत ही उस जादुई कालीन के साथ चलने के लिए तैयार हो जाता है फिर मिस्र में पहुंच जाते हैं जहां पर राधे और भारत से वह जादुई पत्थर से बना हुआ

राक्षस हमला करता है डॉक्टर स्ट्रेंज देखकर अपनी जादुई शक्ति से उस पत्थर के राक्षस को रोक देता है जैसी उस पत्थर के राक्षस का मुकाबला करने के लिए डॉक्टर स्ट्रेंज अपनी जादू का प्रयोग करता है तभी लौकी वहां पर प्रकट होकर डॉक्टर स्ट्रेंज पर हमला करता है जिससे डॉक्टर स्ट्रेंज घायल हो जाता है यह देखकर राधे अपने विकराल रूप में आकर अपने सारे शरीर में अग्नि प्रज्वलित करती है और लौकी पर आग की लपटें से हमला करती है जिससे लौकी का आधा शरीर जल जाता है और वह घबराता हुआ है थानोस के प्राण उस पत्थर के राक्षस में भर देता है जिससे थानोस फिर से जिंदा हो जाता है और वह डॉक्टर स्ट्रेंज का मुकाबला करने के लिए तैयार हो जाता है इधर भारत थोर का हथौड़ा उठाकर थानोश पर हमला करता है जिससे थानोस गिर जाता है फिर डॉक्टर स्ट्रेंज अपने जादू से उसके हाथ बांध देता है लेकिन लौकी अपनी जादुई तलवार से थानोस को आजाद कर देता है फिर शिवाय उस मम्मी को लेकर मिस्र में आ जाता है जिससे वहां पर एक बवंडर का विकराल रूप धारण कर लेता है और लड़ते लड़ते वह डॉक्टर स्ट्रेंज भारत राधे शिवाय को पीछे हटना पड़ता है इसके बाद थानोस भारत पर हमला करता है और भारत बेहोश हो जाता तथा हथोड़ा उसके हाथ से थानोस ले लेता है तथा वह हथोड़ा से डॉक्टर स्ट्रेंज पर हमला करता जिससे डॉक्टर स्ट्रेंज घायल हो जाता है और हथोड़ा लगते ही डॉक्टर स्ट्रेंज के मुंह से खून निकल आता है यह देख कर जादुई कालीन तुरंत ही मम्मी भारत और डॉक्टर स्ट्रेंज को उठाकर भाग जाती है इधर बवंडर बहुत तेजी से जादुई कालीन के पीछे पड़ता है थानोस और लौकी भी शिवाय से लड़ते हुए आगे बढ़ते हैं फिर लौकी अपनी जादुई तलवार से राधे पर हमला करता है जिससे राधे घायल हो जाती है और वह थानोस राधे को पकड़कर समुद्र में फेंक देता है राधे समुद्र में गिरते ही वह तुरंत ही अपने जादुई शक्तियों को लेने के लिए अपने गुरु के पास जाति हैं इधर बवंडर उस जादुई कालीन के पास पहुंचता है और वह जादुई कालीन को अपने लपेटे में ले लेता है लेकिन जादुई कालीन उस बवंडर को चकमा देकर फिर से रेगिस्तान में ले जाती है जहां पर धूल का विशाल गुब्बारा बन जाता है और वह शहर की तरफ बढ़ने लगता है थानोस और लौकी दोनों अब हिंदुस्तान की सीमा में आ जाते हैं और वहां पर लोगों को मारना शुरू कर देते हैं जिससे मुंबई शहर के लोग घबरा जाते हैं शहर के लोग चिल्लाने लगते हैं कि हमें बचाओ बचाओ इधर गंगाधर यह पुकार सुनता है और वह अपने गुरु को चिल्लाता है गुरुदेव..... और

गंगाधर अपने मन में प्रण लेता है भले ही मेरी सारी शक्तियां प्रकृति ने वापस ले ली हैं फिर भी अपने कर्तव्य का पालन अवश्य करूंगा और वह एक मोटरसाइकिल को उठाता है और उस थानोस और लौकी की ओर बढ़ता है कई लोगों को थानोस और लौकी मार देते हैं फिर गंगाधर थानोस और लौकी के मार्ग में आ जाता है लौकी गंगाधर को उठाकर एक बिल्डिंग में फेंक देता है जिससे गंगाधर घायल हो जाता है लेकिन घायल अवस्था में भी गंगाधर अपने गुरु को चिल्लाता है और कहता है गुरुदेव गुरुदेव फिर गंगाधर घायल होते हुए भी थानोस पर हमला करता है तथा थानोस की एक आंख फोड़ देता है जिससे थानोस अचंभित हो जाता है और कहते हैं इस हिंदुस्तान में पहला कोई ऐसा मानव मिला है जिसने मेरी आंख फोड़ी है अब तुझे मैं नहीं छोड़ूंगा और तेरे शहर को भी नष्ट कर दूंगा फिर थानोस गंगाधर को उठाकर उसे इतना जमीने में मारता है जिससे उसकी हड्डियों का कचुंबर हो जाता है और गंगाधर मृत अवस्था में पहुंच जाता है उधर जादुई कालीन के पीछे बवंडर इतनी तेज गति से पड़ता है और जादुई कालीन को अपने अंदर समाहित कर लेता है जिससे डॉक्टर स्ट्रेंज भारत उस बवंडर में फंस जाते हैं तब भारत शिवाय को आवाज लगाता है शिवाय हमारी मदद करो लेकिन शिवाय का रास्ता भी थानोस और लौकी रोक लेते हैं तथा थानोस शिवाय को पकड़कर अपनी मुट्ठी में जकड़ लेता इधर प्रकृति गंगाधर को सारी शक्तियां वापस कर देती है जिससे फिर से गंगाधर जिंदा हो जाता है और अपनी शक्तियों को पाकर शक्तिमान बन जाता है फिर बवंडर की तरफ शक्तिमान पहुंचता है क्योंकि बवंडर शहर की तरफ तेजी से बढ़ रहा होता है फिर शक्तिमान अपने मुख से उस बवंडर को अपने मुंह में समा लेता है जिससे बवंडर खत्म हो जाता इधर जादुई कालीन बोलती है वह शक्तिमान आपने सही समय पर आकर हम सभी को बचा लिया शक्तिमान बोलता है आप लोग कौन हैं तब जादुई कालीन बोलती है मैं जादुई कालीन हूं यह डॉक्टर स्ट्रेंज है और यह भारत हम इस मम्मी को लेकर जा रहे हैं जिससे जितने भी आदमखोर इंसान हैं उन्हें यदि इस मम्मी का स्पर्श कराएंगे तो वह सब ठीक हो जाएंगे डॉक्टर स्ट्रेंज बोलते हैं आप कहीं शक्तिमान तो नहीं हो शक्तिमान मुस्कुराकर बोलता है हां मैं ही शक्तिमान तब डॉक्टर स्ट्रेंज बोलता है आपसे मिलकर बहुत अच्छा लगा लेकिन हमें इस समय थानोस और लौकी से लोगों को बचाना है शक्तिमान कहता है ठीक है डॉक्टर स्ट्रेंज उड़ता हुआ थानोस से लड़ने के लिए जाता है

शक्तिमान भारत से कहता है जितने भी आदमखोर इंसान हैं उन सभी का इस मम्मी का स्पर्श कराओ जिससे सभी आदमखोर इंसान फिर से मानव बन जाए फिर भारत उस मम्मी का हाथ पकड़ता है और जादुई कालीन को आदेश देता है जितनी जल्दी हो सके उतनी जल्दी तीव्र गति से उड़ना फिर जादुई मम्मी का प्रत्येक आदमखोर इंसान को स्पर्श कराया जाता है जिससे सभी आदमखोर इंसान बन जाते हैं फिर वह वापिस आ जाते हैं इधर थानोस और लौकी से डॉक्टर स्ट्रेंज मुकाबला करते हैं तभी थानोस अपना हमला डॉक्टर स्ट्रेंज पर करता है जिससे डॉक्टर स्ट्रेंज का एक हाथ टूट जाता है और वह जमीन पर गिरता है फिर अपना पैर थानोस डॉक्टर स्ट्रेंज पर मारता है जिससे डॉक्टर स्ट्रेंज बुरी तरह घायल हो जाता है लौकी डॉक्टर स्ट्रेंज की गर्दन जादुई तलवार से काटने वाला होता है तभी शक्तिमान आकर उस लौकि पर हमला कर देता है तथा शक्तिमान फिर अपनी योग शक्ति से कई शक्तिमान बना देता है जिससे लौकी और थानोस पर हमले पर हमला हमले पर हमला करते हैं जिससे लौकी वा थानोस घायल हो जाते हैं फिर डॉक्टर स्ट्रेंज बोलते हैं इन दोनों को मारना अति आवश्यक है तब शक्तिमान कहते हैं डॉक्टर स्ट्रेंज से आप चिंता मत करो इनके साथ मुझे क्या करना है जिससे मानव जाति सुरक्षित हो सके फिर शक्तिमान लौकी और थानोस को उठाकर आसमान की तरफ ले जाता और ले जाते हुए सूर्य के निकट उन दोनों को फेंक देता है तथा अपने मुख से अग्नि निकालता है जिससे थानोस और लौकी जलकर राख हो जाते हैं तथा उन दोनों की आत्मा को शक्तिमान कैद करके सूर्य देव को समर्पित कर देते हैं फिर वापस शक्तिमान पृथ्वी पर आता है और डॉक्टर स्ट्रेंज से मिलता है डॉक्टर स्ट्रेंज और शक्तिमान मिलकर एक दूसरे को बधाई देते हैं तब डॉक्टर स्ट्रेंज बोलता है इस पृथ्वी को बचाने के लिए हमने कई तरह से युद्ध किया है लेकिन थानोस ने हमें कई बार पराजय का मुंह दिखाया हमें नहीं पता था कि शक्तिमान भी इस पृथ्वी पर निवास करता है फिर शक्तिमान मुस्कुरा कर डॉक्टर स्ट्रेंज से कहता हैं जब तक समय एक दूसरे को नहीं मिलाता है तब तक कोई नहीं मिल सकता इसके बाद जादुई कालीन के साथ भारत और शिवाय ब राधे और डॉक्टर स्ट्रेंज और शक्तिमान का शुक्रिया अदा करते हैं फिर शक्तिमान डॉक्टर स्ट्रेंज और शिवाय से बोलता है इस ब्रह्मांड में यदि कोई भी संकट हो तो मुझे जरूर पुकारना क्योंकि मेरा निर्माण ही बुराई का खात्मा करने के लिए हुआ है इसके बाद डॉक्टर

स्ट्रेंज शक्तिमान से विदा लेते हैं और वापस अपने शहर चले जाते हैं इधर उस मम्मी के बारे में सारी जानकारी शक्तिमान को देते हैं तथा उस मम्मी की सुरक्षा की जिम्मेदारी भी शक्तिमान को दे देते हैं इधर शक्तिमान उस मम्मी को लेकर फिर आसमान की ओर जाता है तथा उस मम्मी को सूर्य के हवाले कर देते हैं जिससे वह मम्मी जलकर राख हो जाती है तथा उस नागराज के पुत्रों को भी मुक्ति मिल जाती है इसके बाद वह शक्तिमान पृथ्वी पर आकर गंगाधर का रूप धारण करके साधारण जीवन जीने लगता है उधर शिवाय भारत राधे के साथ वापस अपने शहर विदिशा में आ जाते हैं तथा फिर से राजनीति का सफर शुरू करते हैं

Wait for next part ....

क्रम-सूची